[韩]泰秀 文桢 ——著
杨名 ——译

1 cm
Diving

潜水一厘米

国文出版社
· 北京 ·

果麦文化 出品

目 录

出发日记：没有资本，就不能享受人生吗？　　001

参与者指南　　006

Part 1 热身

01 有没有能让你心甘情愿放下手机的东西？　　010

02 假如必须在 30 秒之内获得好心情　　016

03 日后有机会一定要做的事，现在就可以开始　　023

04 这个好像没试过！　　030

05 只有我知道的风景　　037

06 我们只是没钱，不是没有回忆　　044

07 害怕变得更不幸而不敢说出口的事　　049

Part 2 放松

01	把"剪刀""石头""布"去掉一个	055
02	没有人知道的,独属于自己的随心所欲	063
03	可以推荐一部电影吗?	071
04	不能写进自我介绍里的事	076
05	上司吐槽大会现在开始	081
06	这件事,仅次于衣食住行	089
07	确定要删除吗?	096
08	幕后花絮 A	105
09	如今终于能说出口了,我的秘密	110
10	周末日记	115

Part 3 下潜

01 没有梦想很可耻吗? 122

02 幕后花絮 B 127

03 不一定非要是自己的房间 129

04 啊,肚子有点儿饿 134

05 小确幸也太沉重?那迷你确幸就好 142

06 我也是"学术人" 149

07 假如最后期限是在临死前 155

08 辞职并非出路 161

09 最后一个问题:没说完的话 169

10 我找到的 1 厘米潜水清单 175

最后的说明书	179
结语：即使只有 1 厘米	180
彩蛋：窝囊的黑历史	185

出发日记：

没有资本，就不能享受人生吗？

1号参与者泰秀的出发日记：
只有1厘米的话，应该算不太过分？

活到现在第一次被骂成这样，以前也从没遇到过家人如此失望透顶的目光。我今年30岁，在还有四个月就要结婚的时候，辞职了。

第一次说要辞职时奶奶的反应很让人意外。"好吧，既然决定了就这么做吧。"她表现得比我想象中要平静得多。我原本就渴望有人能无条件接受这个决定，便没再说什么，只觉得感谢。第二天，奶奶忽然问："真的要辞职吗？"接下来的一天她没有再说别的。

"不知道泰秀活在这个世界上每天都在想些什么。"我想起了一年前奶奶对我说的话。"活着要懂得及时行乐。"奶奶说过她现在没什么想做的事，忙着带孩子的时候，一天能有12个新奇的想法，终于等到孩子们自食其力，却都忘得一干二净了。"拖久了自然就会忘记。"92岁奶奶的人生哲理听起来未免太沉重了。

但她没有料到我能玩到这个程度。眼看30岁的孙子"离经叛道"，短短一年时间，奶奶就推翻了自己的名言。"玩也要玩出点名堂才行啊。"如今的她说。

起初我也这么想。我以为幸福是买机票去海边，跳到海里潜水的感觉。然而这对身背贷款、一贫如洗的人来说无疑是一种奢侈。与此同时，我也产生了这样的想法：未来我能支配的收入会变得更少，时间也是一样，精力、勇气更是如此——幸福需要的一切元素都会逐年递减。

现在要怎么办才好呢？没钱、没时间、没精力也没勇气的我，只能抱着"这就是人生"的想法，一直熬下去吗？不，哪怕没有什么资本，我也想去寻找不需要资本就能享受人生的办法！深则7米、5米，就算连1米都不行的话，在小区澡堂潜1厘米的水也行呀。

离开公司前，我和妻子约好以4个月为期限，确定好需要准备的东西，便开始寻找同伴。8月9日，星期五，我心情激动地对着电话说："文桢，我有一个有趣的想法……想一起试试吗？"

1厘米潜水，这个计划就这样开始了。

2号参与者文桢的出发日记：
反正不可能比现在更糟了

"不然试试看？"

思考时间并没有想象中那么长。虽然发出邀请的人好像除了电话号码以外对我所知不多，但当时我的状态已经不能更差了。

50分钟6万韩元（约合人民币330元），这是我第一次决定去做心理咨询时打听到的价格。从两年前辞职开始，不知道具体原因是什么，我常常闷闷不乐。可能是因为老板出言伤人，也可能是因为当着他的面我什么反驳的话都没能说出口，到如今晚上也还是会愤恨地踢床。这到底是因为工作，还是家庭，抑或是我的性格呢？原因我始终不清楚。

时不时也有朋友建议我去医院，但我不想。抑郁到轻生的程度才有必要接受治疗吧？可是我经常笑啊，也会吃东西，还会出门，只是回家后会把自己从头到脚都蒙在被子里罢了。最后是妈妈忍不下去了,她说:"不用从房间里出来也行,露个脸给妈妈看看吧。"

这就是我虽然不去医院但想做心理咨询的原因,可它的价格如此令人惊心。另外,我看电视上的心理咨询师似乎还会给人温暖的拥抱,那样的话,我的胳膊一定会僵住。这么一想,更觉得无路可逃了。

接到泰秀的电话正是在这个时候:"文桢,我有一个有趣的想法。"说实话,那主意听起来并不太有趣,反倒有点模棱两可,让人不安。但试试看也不错,总不能比现在更糟糕吧?当然,泰秀并不知道我心里的想法。

总之,2019年8月9日下午两点,我掀开被子,起身回答:"那就试试看?"

任性的中学生一样的30岁顽童、宛若看破红尘的26岁宅女,我们二人的冒险计划就这样开始了。

参与者指南

首先,我们想对读到这里的你说一声:

恭喜你被选为第 3 位参与者!

在一个炎热而窒闷的夏天里,被不同问题困扰的两人启动了这个项目。我们期待的不多,只想追求不会对日常生活产生冲击的小小幸福。一无所有但仍想保持帅气的我们决定将这个项目命名为"1 厘米潜水"。

刚开始,我们天真地以为只要拿出一整个月的时间试着做自己喜欢的事就能找到答案,没想到第一天就陷入了困境:"咦,我喜欢的是什么来着?"想去尝试各种事,手头却没有积蓄。毫无头绪的我们最终在咖啡厅里写下了第一个问题:有没有能让你心甘情愿放下手机的东西?

总之,这本书里不会出现真正关于潜水的内容,只有为了寻找微不足道的小小幸福做出的奋力挣扎。

我们相信,此时遇到这本书的你也一定会经历类似的过程。

那么在正式开始前,请读一读下面这份指南吧。

① 何谓"1厘米潜水"

不是实际的潜水,而是一种比喻。换句话说,就是和现实正好拉开1厘米距离的小小幸福。

② 准备事项

即便是只有1厘米的潜水,也需要做足准备。首先要知道自己是什么样的人。毕竟如果想要做快乐的事,就得先了解自己做什么的时候才会感到快乐。

③ 预期效果

它或许不会使你的生活发生翻天覆地的变化,因为这样的开始实在是太过渺小。但是,看到一度认为"到如今我的一生再也不会出现快乐的事了"的我们都能有所改变,那你不是也能做到吗?

3 号参与者 _____ 的出发日记

_____

_____

_____

_____

_____

_____

_____

现在没办法写满也无妨。
但是请记住,本书是为你量身准备的。

Part 1

热身

01

有没有能让你心甘情愿放下手机的东西？

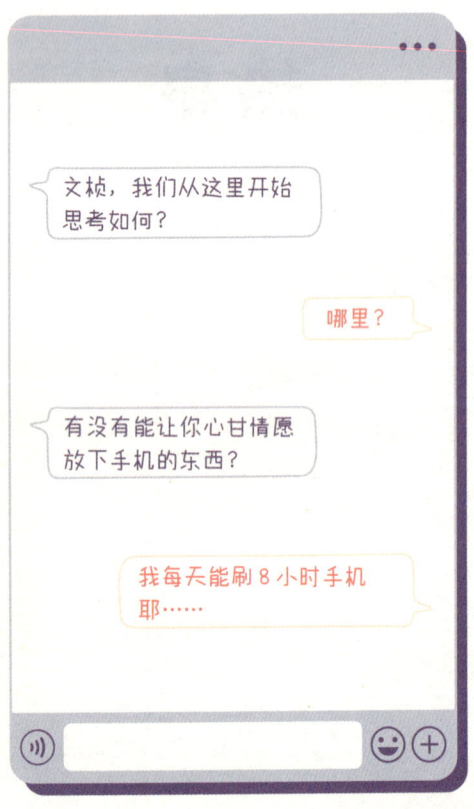

比手机更致命的存在

泰秀

当今世界,智能手机无所不能,可以看电视、听音乐、看书,甚至能用来交朋友。也许正是因为如此,我们平均每天都要拿着这个砖头形状的东西超过两小时。我知道这样不好,却无法否认这种不健康的消磨时间方式确实更好玩。手机成瘾是一种疾病,而且是一种"十分美味"的疾病。

但是不久前出现了比它更致命的家伙,一种大约从九千年前就开始凌驾于人类之上的生命体——猫。这家伙性格乖张,你若是叫它,它断然不肯过来;你要想摸它,它也会马上用柔软的身段温柔地溜走。相反,如果你正在百无聊赖地看电视,它便会不知不觉地来到你身边,打起呼噜。真是让人魂牵梦萦。仅凭这些就能看出这种生命体的危险了。但对我来说,还有另外的致命理由。

我对猫过敏。很惨,只要一小时,它就能让我的眼睛肿成核桃,流鼻涕流到重返邋遢大王一样的6岁也是轻而易举的事。

第一次摸猫那天我全身浮肿,差点被送去急诊室。但它又是那么迷人,让人无法抗拒。手机和这样的东西有可比性吗?触碰到猫的每分每秒对我来说都像金子一般宝贵,所以在有限的时间里,我必须抓住机会多摸摸这种危险又可爱的生物,拍拍它的屁股,才没有时间浪费在手机上呢。

手机里什么都有,书、音乐、电影,就是没有猫。幸亏没有猫。"幸亏"这个词说出口都会觉得有点好笑。我喜欢这种情况,并不是因为出现了比智能手机更致命的东西,而是原本很讨厌被问"你喜欢什么"的我,终于有了可以滔滔不绝讲超过30分钟的事。

有没有让你心甘情愿放下手机的东西?我知道没有比这更难的问题了,但还是忍不住想要回答,因为我打心底希望能在真实生活中放声大笑,而不是在聊天软件中发送一串"哈哈哈哈哈"。

有了想要放下手机去做的事,这让我在遇到感觉有点儿尴尬的人时,也开始有了能聊的话题。这种变化微小却踏实,感觉还不赖。

那种东西根本不可能存在嘛

#文桢

苹果手机有一个统计屏幕使用时间的功能。某次我看到网上有人留言说看到自己的屏幕使用时间为4小时,因此产生了负罪感时。我也查了一下自己的统计时间:6小时。这还没到晚上呢,我只好无奈地苦笑。

我每天要用8小时的手机,有时甚至是10小时。但是听到"猫"这个答案时,我还是点头共情了。猫真的很可爱,即使是野猫。与它们偶遇的时候,智能手机只能沦为单纯的拍摄工具。但……

"我没有这种东西。"听到这句话,眼前刚刚还在和我热烈讨论的人,情绪一下子变得低落了。"如果这种东西存在,我还会一整天抓着手机不放吗……"虽然很想这么说,但也不太好从一开始就泼人家冷水。为了克服这第一个难关,我必须想办法行动起来。此时,我的脑海中出现了这样的想法。

"我什么时候才会放下手机？"

喝啤酒的时候？不，这个不行。我可是个能单手喝啤酒，同时用另一只手刷手机的人。那……边喝啤酒边看电影？啤酒和电影算得上是我最喜欢的两样东西了。认真想想，同时做两件喜欢的事情时，不看手机可能也行。当冰箱里装满看电影时要喝的啤酒，我的心里就会无比踏实。

比手机更有趣的东西。在悠闲的工作日午后，面对面坐在咖啡厅里思考这种问题难免让人感觉有些别扭，即便如此，我还是决定这样写：

"待会儿回到家，我要开一罐啤酒，看拖到现在还没看的《美食总动员》。"

**生活中有没有什么好玩的事情，
能让你心甘情愿地放下手机？**

 这是给你提出的第一个问题。
暂时写不出来也没关系。
想一想，然后马上试试看！

_____

_____

_____

_____

1 号的补充答案：
篮球，漫画书，小说，
电视剧《来自星星的你》
《未生》。

2 号的补充答案：

小狗，电子游戏，
洗澡，天气好时去
汉江。

02
假如必须在 30 秒之内获得好心情

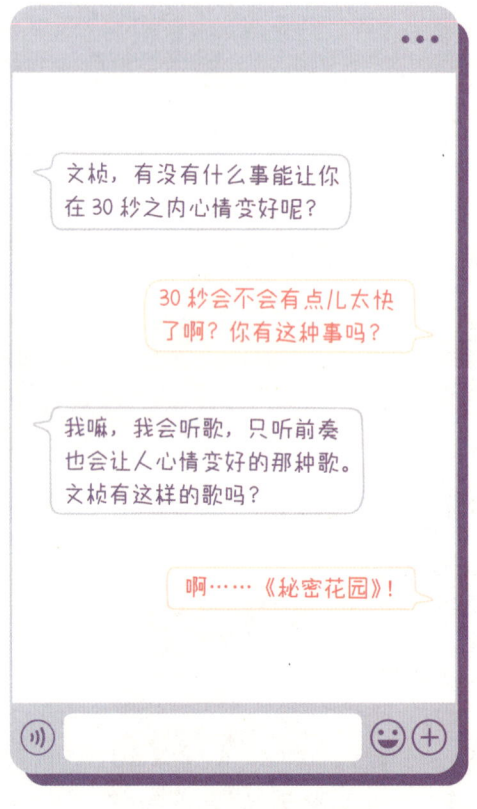

为身患抑郁症的朋友制作的歌曲

文桢

那天我在外面,整个人被忧郁的情绪笼罩,连回家的心情都没有。但是随机播放到《秘密花园》时,我不由自主地跟着歌曲中的拍手声哼唱了起来,不知不觉间就到了家门口。从那以后,难过的日子里,我就总是会听这首歌。

此前我会在难过时听更加忧伤的歌,到了今年,我开始选择单曲循环气氛轻松的《秘密花园》。有时听着它,心里也会想:"这首歌是为了给我加油打气而存在的吗?"

实际上,《秘密花园》本就是韩国歌手李尚恩为了鼓励身患抑郁症的朋友而写的歌。知道这一点之后,我便忍不住地更喜欢它了。除我之外,也有很多从这首歌中感受到治愈力量的人。应该说,这是一首在任何时候都能驱散忧郁和消极的歌曲。

我很喜欢这首歌的歌词。虽然一首歌并不足以挽回已经被破坏的心情,但是只要听着它,我便能稍微舒展一下蜷起的肩膀,呼吸也变得缓和下来,觉得一切好像也并没有那么糟糕。

> ……
> 忘掉昨天的事情吧
> 任谁都难免犯错
> 没有完美的人
> 看着冒失又孤单的我吧
> 一天天、一点点总是在好转
> 有你的注视
> 我得加油变得幸福才行
> 就像后院开放的野花一样
> ……

比起时下流行曲目更喜欢老歌的我，难道已经是个爱怀旧的大叔了？

泰秀

第一次见到男子演唱组合 BTS（防弹少年团）是在 2018 年的 Mnet 亚洲音乐盛典颁奖典礼上。他们在《偶像》（"IDOL"）这首歌中加入假面舞、扇子舞、锣等元素进行表演。表演视频被传播到世界各地，在海外也持续受到追捧。2019 年，继泡菜和足球运动员朴智星之后，新的话题出现了："你知道 BTS 吗？"

遗憾的是，最近令我沉迷的主人公并不是他们，而是分别于 1994 年和 1996 年像流星一样登场的歌手 TwoTwo 和 UP 组合。25 年前，他们属于富家子弟那一派的偶像，现在我喜欢他们的理由也很简单——这些大哥，懂得如何让自己真正地幸福。

大哥们夏天去海边，却并不坐游艇、邮轮那些东西，只是去海边玩、踩踩水、唱唱歌。至于情歌呢？

歌手金光石唱的《鸡尾酒之恋》就很不错。"我想在郁郁寡欢的日子里走在街上，沉醉在香气四溢的鸡尾酒中。去看有一首诗作的展厅，彻夜在思念中写信。"这既不帅气也不出格，但是会让我产生自己也曾有过这种时光的感觉。

当然，这种喜好并不是突然形成的。直到最近我还在听歌手崔真英的《永远》，也唱了歌手Bank的《无法拥有的你》。不知为何，现在我好像已经无法回头了。重新听了歌手Sharp的《话剧结束后》，我好像再也没办法再听最近流行的TWICE、BLACKPINK，甚至Red Velvet这些音乐组合的歌曲了。

2014年，很多人看综艺《无限挑战》的特别企划时，都伴着复古舞曲潸然泪下。曾经看上去很奇怪的情景，现在反倒能理解了。只要听到那时的音乐，就会想起年轻的日子——那是既不帅气又没有钱，却会为了微不足道的事情笑出来的时期。

Hans Band组合的《游戏厅》、UP组合的"Ppuyo Ppuyo"、Echo乐队的《幸福的我》——如果告诉别人我在听这样的歌，无论走到哪里都会被叫大叔吧，更不会有人喊我推荐歌曲。即便如此，现在我也不会再否认自己喜欢听这些歌了。

难过的时候,我会很自然地戴上耳机,在不会有人听到的地方,伴随着旋律瞎唱歌手严正花的《节日》("Festival"):"现在开始笑吧,再笑一次,是幸福的瞬间呀,开心的一天。"

推荐1:动物园《惠化洞》

喜欢的歌词:搭乘颠簸的电车前去寻访的那条小路,这样活着的我们,忘记了多少事情……

推荐2:The Jadu《需要对话》

喜欢的歌词:需要对话,我们的对话不够。虽然彼此相爱,但小小的误会仍会让对方感到心痛……

推荐3:Hans Band《游戏厅》

喜欢的歌词:考试考砸了,噢,真不想回家。一气之下进了游戏厅,哎哟,这是谁呀?那个秃头大叔,正是我最爱的爸爸……

假如必须在 30 秒内获得好心情，你会做什么？

_____

_____

_____

_____

_____

03

日后有机会一定要做的事，现在就可以开始

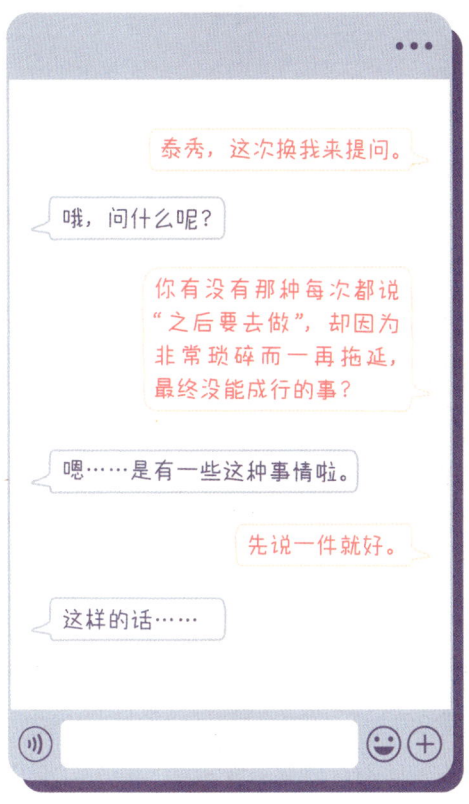

只有我没经历过的一天

泰秀

以前小区里有一间家庭餐厅,叫"雨天,如云如月",光听名字就能感受到 50 多岁大叔特有的浓郁年代感。小时候路过那里时我总会想,如果以后能赚很多钱,我每天都要来这里。虽然名字很有古早味,但能用西餐刀切肉排的餐厅,对我来说就是新世界。

机会比想象中来得要快。这得益于我们班班长,一个散发着高级洗发水香气的孩子。她在分发写有"要不要来和我一起庆祝生日"的邀请函,一张、两张……在逐渐变薄的邀请函中,我总算搭上了末班车。

盘子里盛有血色斑驳的肉排。吃这个会不会拉肚子?虽然很担心,但远处有位朋友说:

"哎呀,有很多血才是好东西呢。"于是我赶紧把肉放在蒸土豆上,一口吞了下去。当时还有意大利面,因为是从外国进口的嘛,味道确实很好。原来生日派对是这样的啊，梦想中的新世界就像期待中的一样精彩。

那天之后，生日派对开始在班上流行起来。大多数人都是邀请同学来吃炸酱面和糖醋肉；在条件稍微好一点的人家，比萨和炸鸡就会登场。很可惜，最后也没有轮到我开生日派对。

并不是因为没钱，只是我们家没有这种传统。无论是70岁的奶奶还是10岁的我，别说生日派对了，连生日都没庆祝过。我很害怕朋友们嘲笑说我是连炸鸡外卖都点不好的土包子。

今天对我来说是特别的一天，因为家里举行了第一次生日派对。不是我过生日，而是大家接受姐夫的提议为姐姐筹划的生日派对。虽然家里人都摆着手说"我们家不这样过的……"脸上却掩饰不住流露出喜悦。

蛋糕是在家门口的面包店买的，上面插了数字"32"的蜡烛。虽然有些害羞，但大家还是唱了生日歌，吹了蜡烛，还用相机拍下了姐姐戴着尖尖生日帽的样子——这不仅是我家第一个生日派对，还是第一张生日派对的照片！因为这么一点儿小事就感动不已，我还真是没出息啊。

从前的 10 岁的我，究竟在害怕和害羞些什么呢？明明闭上眼睛说出真心话就好。

今年我也想开生日派对！因为是第一次，所以或许会有些生涩和笨拙，但我还是想和家人一起唱：祝你生日快乐，祝你生日快乐……

虽然想死，还是想成为 Brunch 作家

文桢

为了维持生计，偶尔我会接一些文字类的外包工作。但每当听到"作家"这个称呼，我都会感到郁闷。有一天开会，我实在忍不住，开口说："我只是个……做营销的。"不是因为讨厌作家这个称呼，反倒是因为对自己有自知之明。

在我看来，并不是什么人都能称之为作家。作家应该是能写"自己的文章"的人，可我连"我的文章"到底长什么样都不知道。整理别人的故事或宣传别人的作品比起自己的文章，更像是别人的文章。

以前如果有人问我想做什么，我基本不太会回答。但坦白讲，我确实有一件想做的事，所以偶尔也会小心翼翼地回答说："Kakao（韩国互联网门户网站）运营了一个叫作 Brunch 的网站，是一个在线内容创作与分享的平台。我想在那里发表文章。"

有人说:"虽然想死,但还是想吃辣炒年糕。"比起吃辣炒年糕,我更想成为 Brunch 作家。无论本职工作是什么,在 Brunch 那里都能作为作家自由地创作,这一点我很喜欢。尽管如此却没能轻易迈出第一步的原因则是,要想成为 Brunch 作家,就必须通过作家审核。

今天早上,我终于按下了"作家申请"按钮。本来只想写下"想成为 Brunch 作家"给这篇文章收个尾,但我好像总是以忙碌为借口拖延,于是趁现在想起来就顺手点进网页,完成了作家申请。感觉真不错。

申请只花了 30 分钟。难道我以前是因为没有这半小时的时间才迟迟不去行动吗?想到这里我感觉有点无力。开始之后才发现这根本不是什么大事。如果知道这么简单,就算申请失败,我也早该提交申请了。

身边人都说我看起来心情很好,其实也没到那种程度啦。只是我会一直查看邮箱,希望能快点收到 Brunch 审核完成的邮件罢了。

你有每次都拖着说下次再做的事情吗？

_____

_____

_____

_____

_____

_____

 日后有机会一定要做的事，现在就可以开始了。

04

这个好像没试过!

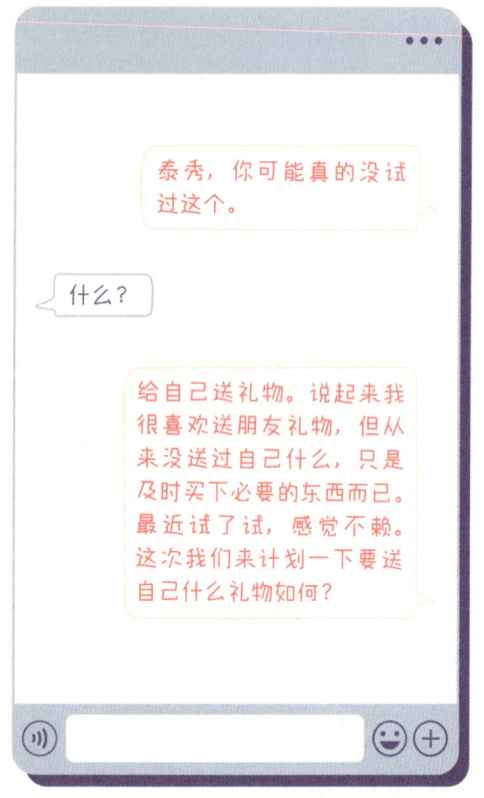

我也想试着炫耀一下

文桢

有一次去首尔的弘益大学附近玩,我发现了一副很喜欢的镜框,轻便又帅气,正好是之前一直想尝试的款式。我像马上就要把它买下来一样在镜子前反复试戴,最终却没有下手。

理由有二。第一,它的价格是15万韩元(约合人民币750元),太贵了。更重要的一点是,我的眼睛做了激光手术,视力已经恢复,不能在没有度数的眼镜上花这么多钱。于是我决定把眼镜的事忘了。

今年对我来说最悲伤的消息莫过于视力变差了很多。去眼科检查,发现这并非幻觉,我的视力的确减退了,据说是矫正手术的常见副作用。这对于手术已有五年、深知不需要戴框架或隐形眼镜的生活有多么幸福的我来说,真是个晴天霹雳般的消息。回到家后,我因太过伤心忍不住哭了。哭着哭着,虽然自己都有点无语,脑海中还是闪现了这样一个想法:"等等,那我是不是可以去把那副镜框买下来了?"

如果说今年最悲伤的事是视力变差,那么最开心的事就是买下了那副镜框。虽然视力变差使人郁闷,但我抱着眼镜就要戴自己喜欢款式的心态去消费,比想象中更有满足感。

戴着喜欢的眼镜工作,感觉自己好像真的成了作家。照镜子时,因为视力矫正手术而失败产生的暴躁心情也会平复下来。从这个意义上来说,我还有几样想要送给自己的礼物。

1.《女中学生 A》网络漫画单行本

这是我非常非常喜欢的网络漫画。世界上有趣的漫画很多,与之相比,《女中学生 A》可能并不十分出色,但只要读到它,我就会感觉自己的童年得到了抚慰。对我来说,这是一部有收藏价值的漫画,手头宽裕时一定要买回家。如果能收齐全套放在书架上,只是看着就很心满意足了。

2. 柔软的寝具套装

曾经见过"不要节省花在被子上的钱"的广告。以前我可能会想:"需要花钱的地方那么多,哪有闲钱用在被子上?"但现在我改变了想法。去年我换掉用了很久的被子,原以为这件事没什么大不了,没想到之后一整段时间心情都变得很好。问题只在于新换的被子太便宜,很快就起毛了。下次我想换一套更柔软、品质也更好的寝具套装看看。

3. 报名游泳课

我想体验浮在水面上什么都不想的感觉。要想做到,首先得学会游泳。

让家务变得有趣的方法

\# 泰秀

一个月前,妻子为了展示歌手姜丹尼尔的专辑,专门买了书架。"那我也要买黑胶唱片机……""不行。"我话还没说完就被拒绝了,理由很简单:"有了唱片机,不就要接着收集黑胶唱片了吗?"

用来展示姜丹尼尔专辑的书架和黑胶唱片机虽然都属于奢侈品,但它们之间有着决定性的差异:买下书架,奢侈就结束了;买下黑胶唱片机,奢侈就开始了。还真是无法反驳的完美逻辑。

我垂头丧气,边刷碗边思考:"是啊……买米都舍不得花钱,要选最便宜的,还说什么唱片机呢!这梦想可真是不切实际!"

可只是想想也不行吗?哎呀,不是说真的要买,也没那个钱,想象一下而已。假如床旁边的置物架上有一台木质黑胶唱片机,感觉如何?我会播放李文世的第三张专辑,从《我还不知道》一直到《少女》,一边听音乐,一边享受红茶……

"都说过不行了!"也许是感受到了某种气氛,妻子在客厅喊道。而我也是在那时候看到了客厅旁边书柜里的龙猫存钱罐。

这只存钱罐是妻子送给我的 25 岁生日礼物,我对它很有感情,甚至抱着要在临死前把它留给子女的心情好好珍惜。五年过去,里面应该也攒了有 10 万韩元(约合人民币 500 元),说不定有 15 万韩元(约合人民币 750 元)呢——足够了。离别本就是突然的,它有这样的结局也算不错,是时候制订新计划了。

基础款黑胶唱片机,李文世的第三张专辑,如果可能的话,还有野菊花乐队的第一张专辑……想到这里时,手边的碗已经洗好了。家务活……做起来好像也挺有意思的。我把橡胶手套挂在洗碗槽上,拿起沙发旁边的吸尘器。

"你今天中邪了?"妻子奇怪地问道。我的回答更奇怪:"不是啦……哎呀,真的不是。"

有没有什么想送给自己的礼物?
列一个清单试试吧。

_____

_____

_____

_____

_____

_____

> 请尽量别写太贵的东西,因为很可能……买不起!

05
只有我知道的风景

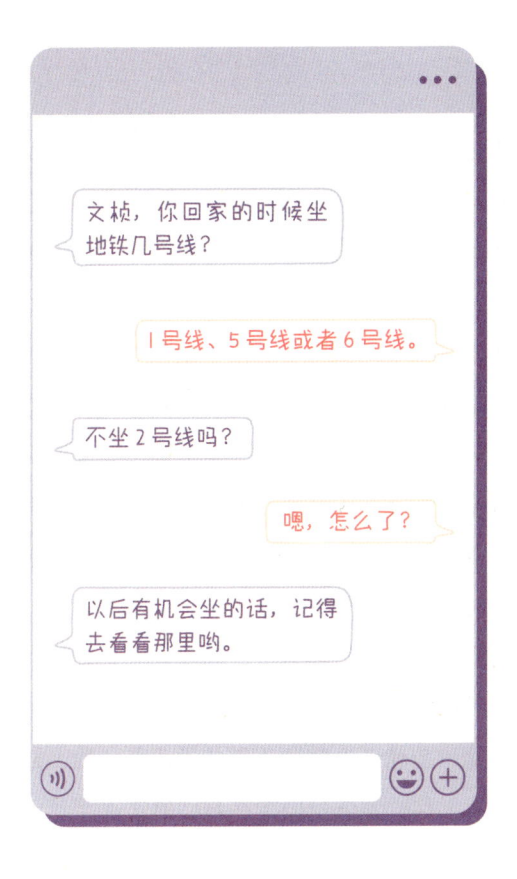

> 文桢,你回家的时候坐地铁几号线?

1号线、5号线或者6号线。

> 不坐2号线吗?

嗯,怎么了?

> 以后有机会坐的话,记得去看看那里哟。

首尔人也不知道的景点

\# 泰秀

新道林站换乘弘大站的路上,即便是冬天也会散发汗臭味。据说1号线和2号线,这两条拥挤程度位列前茅的地铁线日均乘客人数为350万,每天都会发生各种各样神奇的事。

上下班路上遇到职业登山者是很常见的事。他们放在地上的行李中常常装着泡菜。我也不好意思开口问他们为什么需要泡菜。每天早上都在虔诚祈祷的大叔让人见怪不怪,不开外放就浑身难受的大妈也是熟悉的风景,但是每当遇到按下紧急开关就冲出地铁的年轻人时,我仍不免感慨:居然还有这种人。

这就是韩国上班族每天要目睹的场景,可以称之为"寂静的混乱"。明明没人吵闹,却很难保持神志清醒。上班前就已经疲惫不堪的说法是真的,并且不论你感觉如何,地铁仍旧走在自己的轨道上。

但是经过最大的关口新道林站，再经过文来站、永登浦区厅站、堂山站之后，我和地铁都会渐渐变得从容起来。我很喜欢那段时间，不仅是因为稍稍有了一些喘息的空间。

地铁经过堂山站向合井站行进时，挡在眼前的灰色建筑在一瞬间消失了，窗外是奥林匹克大道，接着便会出现强烈的光束，那是汉江波浪反射出的阳光。

列车像驶入魔法洞一样安静下来。仙游岛悬挂在宛如五线谱的电线上，接着蚕头峰码头也出现了。常有不知名的水鸟栖息在河面，也是一大景观。全程虽只有不到 5 分钟，却比其余任何闲暇时光都让我感觉放松。

在加起来有 2 小时 40 分钟的通勤路上不发脾气并非易事，周身的恶劣环境更是让人痛苦倍增。非要安慰自己说"大家都是这样生活的"，心里也不会好受多少。这种情况下，在路上偶然发现的闪光片刻便格外能够安抚人心。虽然光凭风景不能驱散所有的烦躁，但我也没有拒绝这种愉悦的理由。

乌耳岛咖啡厅前方的近海，万寿洞三环大楼旁的林荫路，仁川市厅后面的艾比路（Abbey Road）咖啡厅……抱着想要拥有全程都很愉快的通勤路线的心情，我今天也在好好收集沿途的风景。

你知道射手村吗？

文桢

下意识说出射手村（Henesys）的时候，泰秀问："那是什么？"虽然瞬间我心想"糟了"，但也不好就这么糊弄过去，只能硬着头皮回答：射手村是游戏《冒险岛》（*MapleStory*）里村庄的名字……（果然，幼稚的话一出口，空气都安静了下来。）

三年前，公司搬到了当时人气很高的延南洞，我也自然而然地知道了附近的几家美食店。那些地方不仅食物味道好，气氛也不错。但因为辞职之后担心遇到公司的人，我已经很久没去了，心里有些难过。

过了一段时间，听到公司搬去其他地方的消息后，我才又和朋友相约在延南洞见面。可问题是，我喜欢的店铺已全都消失，不知道跑去哪儿了。那些都是承载了回忆的地方，看来是延南洞臭名昭著的高房租让店家很难长久维持下去吧。

所以写到那些让人心情变好的地方时,我只能更加慎重——现在这个瞬间也有可能正在消失。那么,有没有任时间流逝,也一直存在在那里的地方呢?

这时我脑海中浮现出的场所就是射手谷。《冒险岛》是给我留下很多美好回忆的电子游戏,射手谷则是只要玩过游戏的人就一定造访过的古老村庄。

辞职以后,白天家人都去上班了,我没事干,又没钱出去玩,当时想到的就是《冒险岛》。直到现在它还在运营这件事本身就已经让我很惊讶了,载入游戏一看,发现它几乎一成不变地保持了曾经的样子,就更加感到吃惊。十三年过去,我已经长大成人,而与我儿时的小角色共度美好时光的村庄依然存在,真的很不可思议。

提到能够让人心情变好的地方时,竟写下"射手村"作为答案。这看起来也许有点奇怪,但是我也没有办法。毕竟这段时间只是在家里盖着被子躺平,不知道哪里比较有人气。最近,每当心情低落的时候,我都会打开笔记本电脑登录《冒险岛》。虽然看起来很幼稚,但只要五分钟就能到达可以使你心情变好的地方,比想象中要酷得太多了。

有没有能让你拥有好心情的地方？
请介绍一个只有你知道的秘密风景。

_____

_____

_____

_____

_____

_____

> 想一想，有没有只是待在那里就能心情变好的地方。

06

我们只是没钱，不是没有回忆

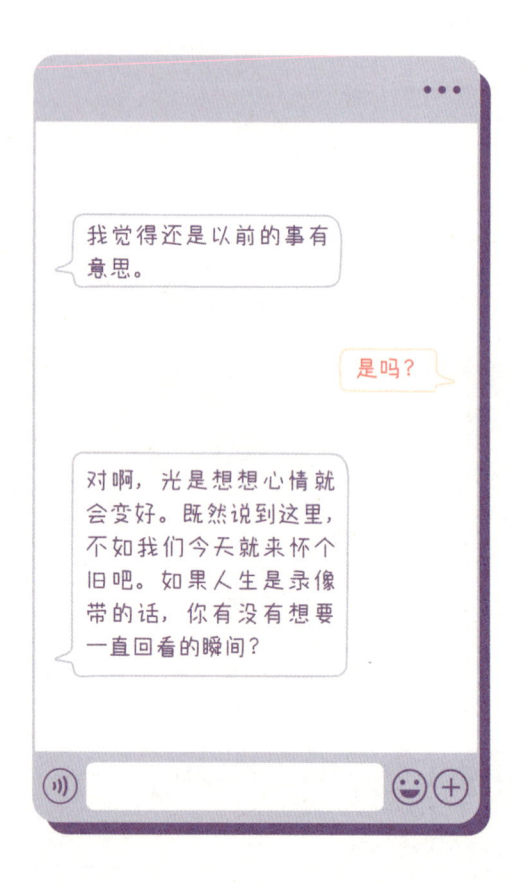

> 我觉得还是以前的事有意思。

> 是吗？

> 对啊，光是想想心情就会变好。既然说到这里，不如我们今天就来怀个旧吧。如果人生是录像带的话，你有没有想要一直回看的瞬间？

20 岁男生的表白方法

\# 泰秀

晚上 7 点出头,她和我向仁川市政府旁边的公交车站走去。要不是错开了下班时间,恐怕市政府所有公务员都能听见我的心跳声。没错,今天是我要表白的日子。"冲啊!"心脏从 30 分钟前就开始这么说,而我难以抗拒它的指令。

"要在这里坐一会儿吗?"我指着林荫树旁的大理石长凳说。短暂的安静之后,她回答:"好的。"

我的体内像战场一样混乱,心脏宛如百米冲刺般狂跳不已,口干舌燥,呼吸困难。"现在,就是现在!"不知哪里来的陌生声音在脑海中不断响起,我出了一身冷汗。面临大学生涯中最大的挑战,我紧张到坐立难安。而此时她在做什么呢?

她……在打瞌睡!开玩笑吗,什么情况?我顿时愣住了。等一会儿就会醒了吧。这么想着,眼前的人却愈发踏实地进入了梦乡。天色渐渐变暗,我终于忍不住把她叫醒,再次朝车站走去,一路沉默无言。

"那个……"我再次开口是即将走到车站的时候,"问你喔,如果在一起时觉得很开心,想要一直和对方在一起,是不是就代表喜欢那个人?"

"嗯,应该是吧。"

"但也有可能不是?说不定只是……有没有可能只是把对方当作真正的朋友?"

"不,到了这种程度的话,应该算是喜欢了吧。怎么,你有喜欢的人了吗?"

沉默再度降临。

"……就是你啊。"

心脏又一次疯狂地跳动。一个不知名的男人从脑海中跳出来,大声呼喊:"不要坐以待毙!连续出击啊!不要给对方清醒过来的机会!"于是我慌忙挥出了下一棒。

"你呢?你没有那样的人吗?"时间像是在捉弄人一样流逝得无比缓慢,感觉世界上所有的人都在看我们,街上的车也屏住了呼吸。她嘴唇的动作十分缓慢,我小心翼翼地解读唇语,发现她是在说:"……

我喜欢的也是你。"

大学万岁！我像丢了魂一样小腿发软，摇摇晃晃，笑意却不由自主地爬到了脸上。公交上我们又是一路无言。不对，也有可能是我不记得了，现在能想起的只有送她去搭车后发送的短信："一路小心，我的女朋友。"

那天以后10年过去了，新入学的胆小男生转眼已经30岁，如今她也成了我的妻子。那天真是美妙啊！虽然害羞到就连喝醉酒的时候也不好意思提起，回想起来却总是余韵无穷。大概年轻时的美好回忆就是这样吧。

电影《星际穿越》的主人公库珀在黑洞中向过去的自己大喊："Stay（停下）！"如果我也能像库珀一样回到过去，也想对着那个时候的自己这么喊——只不过我的这句"Stay！"意思稍微有点不一样。

> 泰秀,这个问题我恐怕没法回答。

> 为什么?先试着说一件就好。

> 虽然这么说有点抱歉,但是我越仔细想,就越觉得自己不幸。

> 你想到了什么?

> 比起快乐的瞬间,我更想到了忧郁的瞬间。

> 那就一起聊聊那些事吧。

> 但这和现在的主题不搭呀。

> 话虽如此,但你现在不说的话,之后就更开不了口了吧。

07

害怕变得更不幸而不敢说出口的事

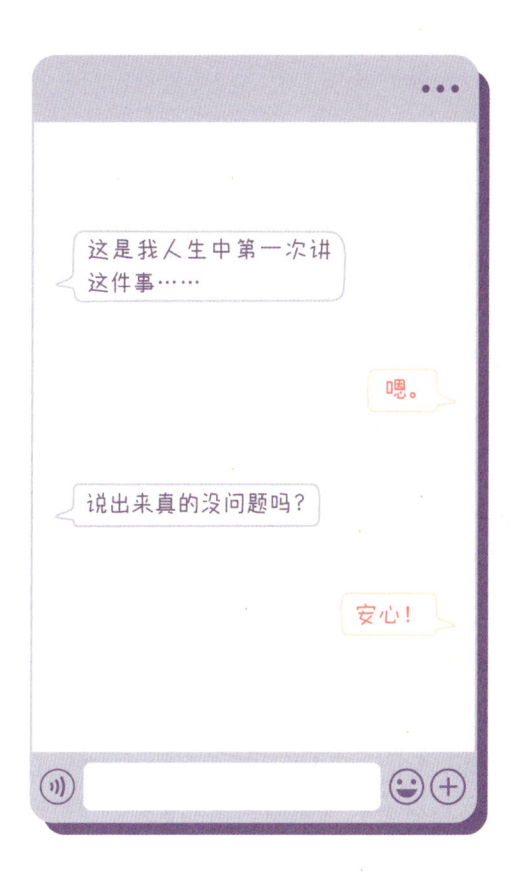

> 这是我人生中第一次讲这件事……

> 嗯。

> 说出来真的没问题吗？

> 安心！

有用的孩子

\# 文桢

爸爸喜欢把没用的东西都丢掉。我是个早熟的孩子，从小就发现了爸爸的丢弃清单里也包括家人。看着他像退货一样把妈妈还给外婆家，比起妈妈，我更担心自己——连能回去的地方都没有的人，更要拼命成为有用的孩子。

我表现出刻苦学习的样子，从不随便撒娇耍赖。看着在家里能够轻松说出心里话的朋友，我也想过要不要试试。但是听到爸爸说小孩就是过得太舒服了所以才会有青春期，我就觉得没那么做真是万幸。因为激素的变化我也长过青春痘，但如果说青春期是一生中只有一次的放肆时期，那我可能根本就没有经历过青春期。

到目前为止，我人生中最委屈的一件事，就是没有人告诉我到了23岁就可以离开爸爸家了。待在爸爸再也不会回来的家里，很长一段时间我都在发呆，不知道要以怎样的状态存在。我常常不等夜晚来临就躺在床上，无所事事。

之后我经历了很多，生活却称不上美好，甚至比从前更委屈、更悲惨。就这么来到了26岁。

说要回忆开心的瞬间时，我想起了爸爸的面孔，也因此联想到了不愿忆起的童年时光——我总是一副畏畏缩缩、看别人的眼色、时刻感到不安的样子。即便爸爸人间蒸发了，那个样子也一直留在我身上，成了我的一部分。平常我总是小心翼翼地隐藏，如今却因为要回答这个问题而露馅了，感觉很羞耻。

我是那种为了寻找一个幸福记忆，必须先回顾十个不幸记忆的人。因此，说起幸福的瞬间，我想起来的只有这些。就连现在也还在担心，担心参与计划的读者朋友会不会因为我的故事而变得悲伤。

但是对我来说，不知为何，说出这些之后，感觉心情莫名地舒畅了。

> 文桢,说完这些你感觉怎么样?

> 还挺痛快的。

> 那就好。你的故事让我想到,也许比起幸福的记忆,不幸的记忆本就更多。我也是一样。

> 真的吗?

> 嗯。所以之后也经常聊聊这些吧。

> 可这是寻找幸福的计划呀。

> 说是这么说,但应该也有人要先倾诉完不幸的事情,才能变得开心一些吧?

此刻我们领悟到,想要变得幸福,需要:

1. 回忆愉快的过去;
2. 诉说不幸的过去。

现在就选一种写出来试试?

_____

_____

_____

_____

_____

Part 2

放松

01
把"剪刀""石头""布"去掉一个

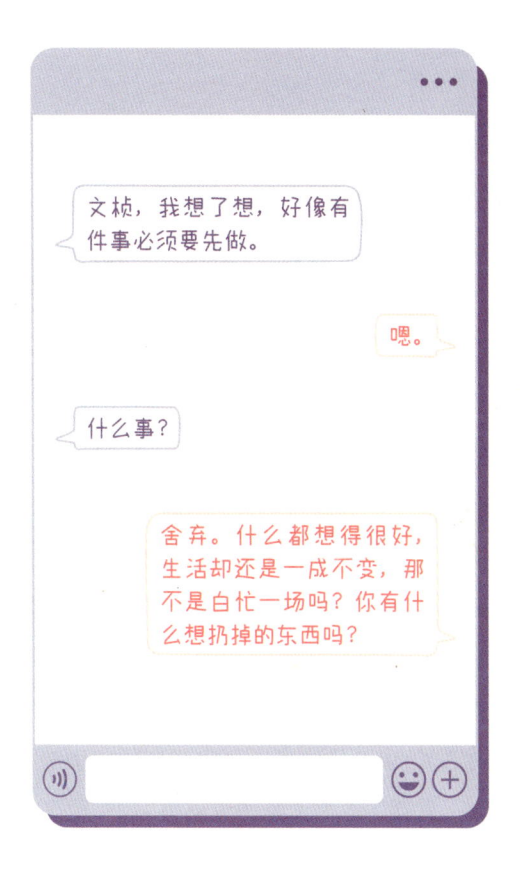

> 文桢,我想了想,好像有件事必须要先做。

> 嗯。

> 什么事?

> 舍弃。什么都想得很好,生活却还是一成不变,那不是白忙一场吗?你有什么想扔掉的东西吗?

用力放松后写下的文章

文桢

23岁,休学后实习满一个月时,我在下班的地铁上想:现在就得下车。那一瞬间,我像失聪了一样,周围的声音全都听不见了。犹豫之际,视野也逐渐模糊起来,眼前一片漆黑。就在想着"啊……这样不行"的时候,我倒了下来。

当时有位阿姨扶住我,大喊:"哪位能给这位小姐让个座!"就这样,我坐在了别人让出的位置上,冷汗不住地往下流。虽然看不清帮助我的阿姨和让座的人长什么样,我还是连连点头向他们致谢。

就是从那天起,我收到了身体发出的异常信号,但当时我将其视作是积极的:"哇,我已经拼命到差点晕倒在地铁里了吗?"虽然未曾体会过用功读书到流鼻血的感觉,但至少尝到了努力工作到晕倒的滋味,这么想着,竟莫名产生了某种成就感。

"我想把工作做好",这句话的言外之意其实是:好歹你在工作上要表现得过得去吧? 23岁,我还在责怪家人,电视上和我同岁的艺人们却已经在送房子给父母了。我没什么拿手的,唯一的希望就只是把工作做好而已。

工资低,工作量却多到离谱——没关系,至少我学到了很多。老板是那种会讲很多过分的话来鞭策员工的人。当时我觉得那也没什么关系,甚至在自己的脑海里幻想出了一个更过分的老板,先一步开始对自己说老板可能说的那些难听的话:"你现在交的是什么垃圾?""这里面哪怕是有一个地方让人觉得不错吗?""你不觉得丢脸吗?"回过神才发现,对我来说认真工作这件事,代表的已经不再是付出时间和努力,而是认真地贬低自己。这是我至今仍未改掉的、迫切想要抛弃的习惯。

习惯一旦养成就很难改变。即使辞职了,这种习惯也仍然保留在我的身体里。所以我害怕看成果,总是一再拖延开始工作的时间。有一天,我因为没能准时交稿而感到无比自责,这时朋友对我说:"看来不应该为你加油,而是要逼你放松。你好像就是太用力了,所以才没办法把工作做好。"

之后我试着在开始工作前有意识地深呼吸,告诉自己放松下来。这并不意味着我会敷衍了事,因为我依然想把工作做好。未来要走的路还很长,我要学着抛开不必要的内耗,好好储备能量。

当然,即使已经开始学习安抚自己的情绪,我仍是个不够成熟的大人,一不留神依然会自怨自艾。这种时候,我会告诉自己:"你又用太多力气了,重新放松一下吧。"然后接着做完工作。

弓裔为什么会死？

\# 泰秀

公元901年，一名英雄推翻了有一千年历史的新罗王朝，建立了后高句丽国。他是个戴着黄金眼罩却能洞悉人心的奇人，名叫弓裔，以"观心法"这种超能力统治国家。

"反对我说的话？你这是在造反。""我正在说话，你怎么敢咳嗽？你也是在造反。""理由？观心法就是理由。"——明明可以用观心法洞察民心，做一些好事，但弓裔却将其全部用在了暴政上，就这样足足过了十八年。最终，当他把进谏忠言的妻子以通奸罪处死的时候，人们开始期盼新英雄的登场。公元918年，"观心法"这个弥天大谎，最终因忠臣王建的反抗而消失在了历史的舞台上。

千余年后，有个与弓裔有着相似能力的孩子出生了，那就是我。我从小擅长观察别人的表情、语气和行动，猜测对方的心思。没错，这就是观心法。当奶奶说："奶奶做的泡菜不好吃吧？"我就会说："好吃。"听到老师说："啊，有一个很搞笑的笑话。"还没等到他开始讲，我就已经准备好哈哈大笑了。最后，当前辈给出离谱的"忠告"，我却赞叹他"好厉害"的时候，便是彻底地走上了弓裔之路。

这样的我身边自然而然地围满了朋友。虽然有时也会想"这样真的好吗？"，但当人们说"你怎么比我更了解我心里在想什么，简直像能通灵一样"的时候，我就摇身变成了坐在黄金地毯上的弓裔，问题也随之而来了："是谁在咳嗽？"

晚年的弓裔极度敏感，是个会因芝麻大的小事生气的脆弱之人。加上他完全不听别人的意见，所以没有人能真正靠近他。我差不多也是这样。看到朋友一脸严肃，我就觉得那是自己造成的，苦恼不已。对方发来的短信只有"嗯"一个字的时候，我会一整天都在复盘自己说的话，看看有没有讲错；即使对方表示自己没那个意思，我也不相信——谁让我是观心法"继承人"呢。

最后，直到我开始怀疑路人的眼神时，才不得不承认：病，这是一种病啊！

大家都说治疗的开始是意识到自己生病了，但这种病即使发现了也很难治好。晚年的弓裔想必过得很难吧。往后我大概也会继续看别人的眼色。

但意识到这件事之后还是有些不一样的——至少此刻，我已开始学习"看自己的眼色"，偶尔也会给自己使使眼色。这是作为"看眼色患者"生活了三十年的我能做出的最佳转变。

公元918年，即将迎来人生终点的弓裔对属下说："银副将军（《冒险岛》游戏中弓箭手职业的重要非玩家角色），你在干什么？不是该出发了吗？"在那之后一千年过去了，我也该要送走自己体内的弓裔了。

你最想丢掉自己的哪一种面貌?

要不要试着现在就丢掉一个?

_____

_____

_____

_____

_____

_____

02

没有人知道的,独属于自己的随心所欲

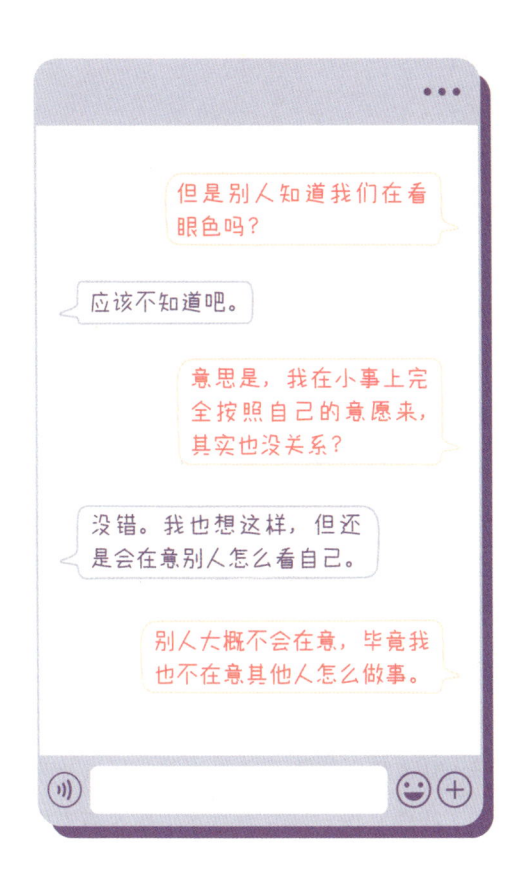

> 但是别人知道我们在看眼色吗?

> 应该不知道吧。

> 意思是,我在小事上完全按照自己的意愿来,其实也没关系?

> 没错。我也想这样,但还是会在意别人怎么看自己。

> 别人大概不会在意,毕竟我也不在意其他人怎么做事。

受伤流浪猫的故事

文桢

当我说要带受伤的流浪猫去医院时,哥哥说:"这不是给它无谓的希望吗?接下来呢?只要继续流浪,它就还是会再受伤。你能每次都带它去医院吗?"

我回答:"道理是这样,但我们花两三万韩元(约合人民币 100 ~ 150 元)点外卖吃的时候都不会想这么多。如果这次我没送它去医院,它却有个三长两短,那我以后每次点外卖都会想到它。"

去年秋天,我们一家逛完超市,有只猫跟着我们回家,自顾自地在门口落脚了。我以为它很快就会去别的地方,但这只猫之后两天每晚都在我们家门口停留。常驻家门口又爱撒娇的小猫,很难不让人心动。

如果心也有门的话,那我就是不怎么爱敞开心门的类型——但这对小猫并不适用,等我回过神来,它已经走进了我的心里。这究竟是发生在我蹲下想看清它的样子，它却踩着我膝盖爬上来的瞬间，又或者是我第一次见到它的时候，已经记不起来了。

大概是因为抑郁症，我当时几乎足不出户。但从那以后，一到晚上我就会出门和猫一起共度时光。我期待着夜晚的到来，猫给了我心灵上的慰藉。因此我不想细说看到猫受着伤从外面回来时有多心痛，毕竟当时连细看它伤势有多重的勇气都没有。

为了回答"是否曾经随心所欲地生活过？"这个问题，我回想了人生中做出的诸多重大决定。大部分时候我优先考虑的都是现实情况而不是自己的心愿——在重大决定面前，人很难只考虑自己。后来我又想起了一些微小的瞬间，比如关于这只遇到好主人之后换了住处的猫。明明说着不会对它产生感情，甚至连名字也没给它取，可我其实真的很喜欢它。

笨拙的我和人说起时只会把送猫去医院和点外卖扯到一起，但是很开心当时我没有听家人的话，一意孤行，照自己的想法去做了。直到现在，只要想起那一天，我的心里还是很温暖。

今后的生活中还会出现许多需要做出选择的时刻，做重要选择时也必须考虑他人，但我相信，其中一定存在虽然微不足道,却能随心所欲的小小瞬间。至少在那些瞬间来临的时候,我想全然凭自己的心意来面对。

不是漫画，而是真事

\# 泰秀

1999年，韩国很多人都在传播世界末日预言之际，我开始打篮球了。当大家争先恐后地囤积方便面和金枪鱼罐头时，我走进文具店买了个篮球。

有句名言说："即使明天地球灭亡，今天也要多种一棵苹果树。"真会有人这样做吗？有，我就这么干了。末日论风靡之时，我只顾出门打篮球。奶奶说："你长大后到底想做什么啊？"我没回答，只是给她看了看篮球。

那时我真的很想成为一名篮球运动员。营养师说吃鳀鱼和牛奶能长高，我就吃鳀鱼炒饭、喝牛奶。医学博士说晚上10点到凌晨2点之间睡觉是长高的关键，我就早早上床睡觉。过了一段时间，当末日论成为回忆，我已经是一个篮球打得还不错的中学生。也是在那时，我迎来了随心所欲生活的瞬间。

"这次运动会会增加篮球项目。"老师的这句话，足以让平日里安静的男生心潮澎湃。赢比赛？问题不在这里。15岁的张泰秀，只想赢得女生们的支持，想把只有运动员才能拥有的那种水汪汪的渴望眼神和欢呼声据为己有。为了达成这个目标，我当然得拥有自己的秘密武器。

这样想着，家门口的路灯亮了起来。与此同时，我的脑海中也有灵光一闪而过——影子训练法。想不通当时为什么会想出这种办法，但我执着地以路灯下的影子为镜像，疯狂地练习运球。我把影子当成对手眼中的自己，让篮球弹跳得更快、更激烈，乐在其中。

运动会当天，我已练习得非常充分，做好了要为40分钟的比赛献出自己全部的准备。"哔——"伴随着尖锐的哨声，比赛正式开始。赛况之激烈超越了中学生该有的水平，球赛也因此不时中断。直到终场哨声响起，双方才停止了对彼此言语上的挑衅。

背后传来掌声，不知道是不是错觉，但我好像听到有人在喊"张泰秀好帅"。那一瞬间，胜负已不再重要——这就是竞技体育！背对着欢呼的观众，我高高举起一根食指——1，那是我那天的进球数。

那已经是十五年前的事了。后来,我长到了170厘米,不知不觉间就成了30岁出头的大人,中学时的热情已经不复存在,偶尔有朋友约着打篮球,也只是普通地准备准备。尽管如此,只要回想起当年,内心便会悸动不已。即便那段时光最终成了一部无人知晓的窝囊漫画,但在2004年,我,是自己人生的主角。

你有随心所欲地做某件事，成为主角，闪闪发光的时候吗？哪怕是很小的事也没关系。

> 没有的话，现在要不要试着任性一次？之后再把这件事记录下来就行。

_____

_____

_____

_____

_____

_____

03

可以推荐一部电影吗？

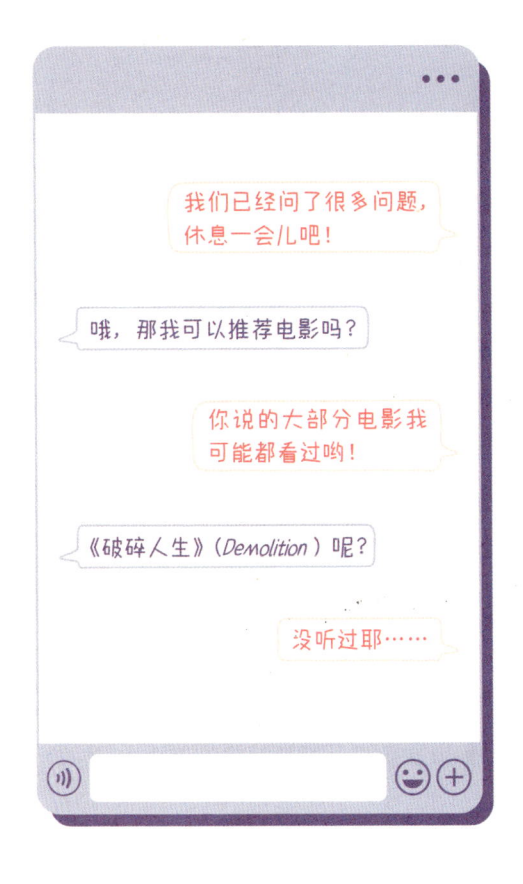

> 我们已经问了很多问题，休息一会儿吧！

> 哦，那我可以推荐电影吗？

> 你说的大部分电影我可能都看过哟！

> 《破碎人生》(Demolition) 呢？

> 没听过耶……

你看过这部电影吗?

泰秀

"妻子出车祸死了,我却一点也不悲伤。"

说出这话的男人名叫戴维斯,是一位投资银行家。妻子去世那天他很冷静,像平时一样工作,数字也计算得准确无误。要说有什么与平日不同,那就是记忆像不速之客一样找上了门。

听到妻子死亡的消息时,戴维斯感觉自己很饿。虽然很想出去吃点什么,但看到岳父时,还是放弃了这个念头。他别无他法,决定买点零食充饥。戴维斯把钱放进附近的自动贩卖机,按下按钮,钱却被机器吞了。医院的工作人员见状耸了耸肩膀,表示不关自己的事。

虽然很奇怪,但他没办法不想起这件事。于是他将慰问者们抛在脑后,开始写信投诉。

亲爱的冠军自动贩卖机公司：

这封信是关于圣安德烈亚斯医院714号自动贩卖机的故障问题的。我向贵公司的自动贩卖机里投了5个25美分硬币，然后按下M&M花生巧克力的按钮，商品却没有掉出来。当时我肚子很饿，所以有点烦躁，而且10分钟前我的妻子刚刚过世了。既然说到这里，我再多说一点好了。

我和妻子初次见面三个小时后就睡了。妻子夸我性感，但岳父讨厌我，大概是因为觉得我抢走了他的女儿吧。妻子一看到铁塔倒下的场面就会哭。还有……嗯……除此之外，我就不太清楚了。本来不是想说这些，但我觉得最好详细地说明一下原委。

戴维斯

没有人回复。但是无所谓，他又写了一封信，讲了妻子让他修冰箱他却没当回事，以及坐地铁时遇到失业者的事。不知不觉间，他已经写了四封信过去。

就在这时，冠军自动贩卖机公司打来了电话，那时已经是凌晨2点。

"这里是冠军自动贩卖机公司客服中心的凯伦·莫利诺。我们收到了您的投诉信，因此联系了您。您写了四封信呢。我读过信之后忍不住哭了，想来问问……您有没有可以与之倾诉的对象呢？"

……欲知后事如何，请亲自去观赏电影《破碎人生》吧。

"情绪是一种习惯。"看完电影，我想起了这句话。长大成人后，我们脸上的笑容越来越少了。担心自己太过幼稚，也不会哭泣，常把"没什么"挂在嘴边。但其实我们是不是失去了哭和笑的能力呢？只在应该生气的时候生气、应该微笑的时候微笑、应该哭泣的时候哭泣，就这样慢慢失去了丰富的表情，变得麻木。

电影开头，岳父对戴维斯说："想要修补什么，就必须打破它的表面，弄清内里的结构，看到什么是最重要的。"这部电影是戴维斯将有故障的自己拆开的过程。当你发现自己想笑却笑不出来、想哭却哭不出来的时候，推荐去看看它。

休息一下，试着推荐一部影响了你人生的电影吧！

04
不能写进自我介绍里的事

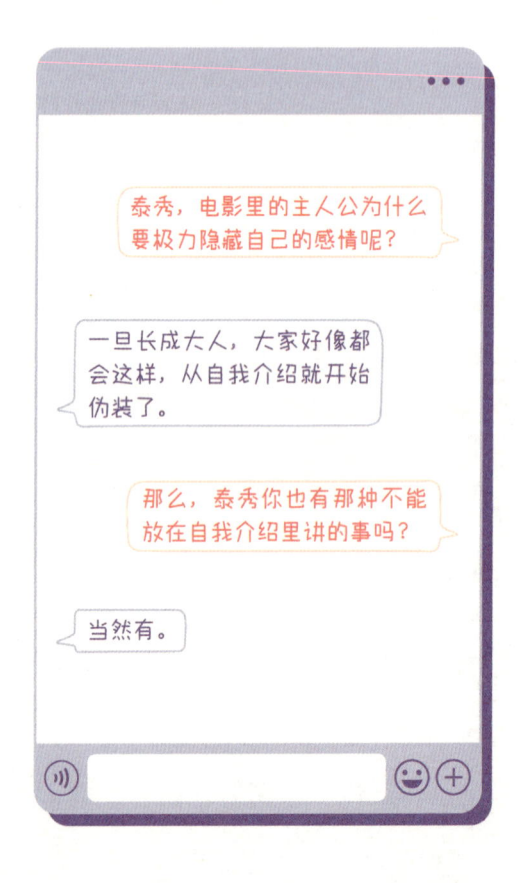

> 泰秀,电影里的主人公为什么要极力隐藏自己的感情呢?

> 一旦长成大人,大家好像都会这样,从自我介绍就开始伪装了。

> 那么,泰秀你也有那种不能放在自我介绍里讲的事吗?

> 当然有。

比同龄人落后的家伙

\# 泰秀

有些人学什么都很慢——别人花一个小时就能做完的事,他们要花五个小时;平常在无关紧要的事情上钻牛角尖,遇到重要的事却开始打退堂鼓。我就是这样,不管是学习、运动还是人际关系,都要加倍努力才能做到和别人差不多的程度。老师说:"做不到没什么,不去做才丢脸。"但我还是会觉得丢脸,而且是非常丢脸。

即便是在与现在相比就业形势不那么紧张的五年前,找实习也难如登天。明明是为了积累经验才去实习的,可招聘单位居然要看工作经验。正因如此,我花了很长时间才敢相信自己收到的录取消息是真的。怀疑归怀疑,但这是个好机会。人要懂得顺势而为,我决定一鼓作气,努力成为正式员工。

公司是一家小有名气的广告代理商,虽然工作强度不小,但能学到新东西的感觉还不错。一周后,当我对工作内容适应到差不多的时候,负责带我的领导说:"你比同批进来的人要差一点呢。"旁边的代理笑着说:"怎么能对孩子说这种话啦,哈哈。"对面的实习生前辈则向我投来了怜悯的目光。那天,我彻夜未眠。

从第二天开始,我养成了在家偷偷工作的习惯。为了摆脱"他来公司上班得交学费"的评价,我和别人一起下班,回家之后却会工作到凌晨。结果,四个月的实习期结束后,我还是成了无业游民。虽然乐观地劝慰自己说"只是这里不适合我而已",但去了下一家公司之后,我还是下班最晚、负责给办公室关灯的那个人。"比同一批进来的人差一点。"萦绕在耳边的次长的这句话便是理由。

有一天,我不小心坐反地铁,用很过分的话骂了自己一顿。"我到底能做点什么?好像什么都不行。"但当时脑海中还响起了隔壁组代理跟当时正在清理垃圾的我说的一句话:"泰秀不管做什么都很认真呢,真好。"不知为何,我有一种想流泪的冲动。

丢脸也没办法,我确实没什么优点,也没什么擅长做的事。但正因为什么都不会，所以我做每件事的时候都会全力以赴。为了得到一个对旁人来说微不足道的东西，我献上人生，熬夜苦思、写作、阅读、表达和行动，未曾放弃过。正因为常见的才能我一项也没有，所以才赌上了一切。没错，我很擅长努力。

事到如今讲起这些，我自己都觉得好笑。如果有人说"你只是在合理化自己的行为罢了"我也没什么好反驳的，只是不想自嘲。虽然世界上没有其他人会认可我，但我还是想要认可没有丝毫才能，因此连一秒钟的人生都没法糊弄过去的自己。

说起来，最近我开始和妻子一起学游泳了。当然啦，我又是学员中拖后腿的那一个。老师看了看我，又看了看妻子，说："啊，如果你们可以一起升中级班就好了……"我尴尬地笑着，并在课程结束时说："老师，我能多游一圈再走吗？"

**你有没有什么不能写进自我介绍里的优点?
在这里说说吧。**

_____

_____

_____

_____

_____

_____

05
上司吐槽大会现在开始

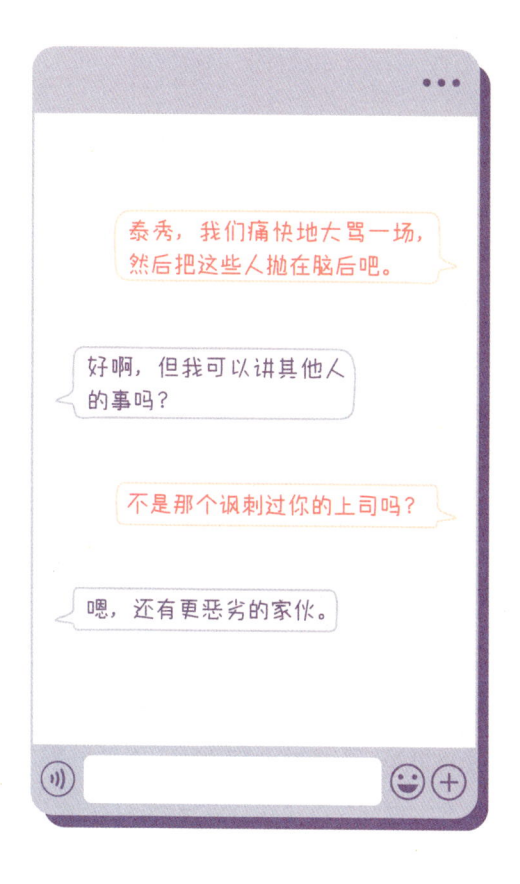

> 泰秀,我们痛快地大骂一场,然后把这些人抛在脑后吧。

> 好啊,但我可以讲其他人的事吗?

> 不是那个讽刺过你的上司吗?

> 嗯,还有更恶劣的家伙。

错不在你,而是那个家伙

泰秀

如果要选出 21 世纪最棒的词,我想选"双标"。"我这么做是浪漫,别人这么做就是不伦。"恋人、亲人、朋友、前后辈之间,能用到"双标"的情境有很多,最频繁的还是职场上。我要讲的故事就发生在这里。

很遗憾,我不能公开公司名称以及即将登场的主人公的真实姓名,还请大家见谅。我不想和那个人再有任何牵连——可能的话,也希望他能够自行醒悟。因此从现在开始,我将故事的主人公称为"那个家伙"。

第一,那个家伙很大度。确切地说,是对自己很大度。他非常讨厌别人超过最后期限,不论什么事,只要有人拖延,就一定要唠叨几句心里才舒畅。从某种角度看,这是理所当然的,毕竟迟交是明显的过错,至少在公司里是不可能被合理化的。奇怪的是,如此完美的标准,他却并不用在自己身上。

在那个家伙的世界里，没有比他更忙的人。隔壁公司、关系好的哥哥的公司、聪明前辈的公司，还有虽然是弟弟但有很多可学之处的后辈的公司……有那么多公司要去参观学习，他完全没有时间走进自己的公司。那个家伙总是在中午之后才慢吞吞地到岗，把好不容易才定下的会议时间抛诸脑后。"之前那件事，明天就是最后期限了，您都做完了吗？"当我终于忍无可忍，开口发问的时候，他却答道："最近太忙了，好像做不完了，能替我做一下吗？"

第二，那个家伙虽早已成人，心智却只停留在学龄前。如果要给未来会遇到那个家伙的人提个建议，我会说："他发表意见时不要多嘴，否则你将听到长达30分钟的说教——他会不停讲谷歌鼓励坦率表达的会议文化。"那么，假如你不听劝，会发生什么呢？

如果你坦诚地说他的想法不太好，就会听到他回："说话注意点。"如果你回答"不错啊"，他就会说："怎么这么没主见？"那我到底应该怎么办才好？那个家伙偶尔会在社交网站上写"没有比不能接受坦率的意见更能破坏组织的事了"之类的文字。每每读到这些，我都会大口灌下平时不会碰的烧酒。

我们应该怎么对付那个家伙才好？对于每周固定见面五天，更有甚者平均每天要待在一起九小时以上的家伙，究竟怎样才能摆脱？老实说，我不知道，因为我也只是一心想着逃跑。也许正因如此，此时的我才会写下这篇文章吧。即便不能解决，至少也能发泄一下。

和那个家伙长期共事的时间里，我完全无法表达自己的心声，因为觉得说了也不能解决问题。但现在有些不大一样了。现在若是遇到怎么努力都解决不了的问题，我会怪那个家伙，而不是自己。

像我一样，或者处境比我更艰难的人，在公司里能改变的事不多，但至少能控制自己的心态吧？即使无法摆平问题，也要发泄一下情绪。也许这是对平凡的我们而言，最简单的解忧之道。

同一个家伙

文桢

泰秀说的那个家伙我也认得,他的故事不能就这么结束了。至少讲到这个话题的时候我不能让步,要多说几句。

公司规模很小,高温假只能错峰来休。有一年,组里的同事接连休假,我却因为日程错不开迟迟没能成行。转眼到了秋天,休假回来的同事气色看起来好了不少。就在我也打算安排休假的时候,那个家伙突然把大家喊了过去,说:"我好像得出个远门调整一下状态,什么时候回来还不确定。"虽然我心里想着"明明轮到我休息了",但也没办法阻止面前眼泪汪汪、一副可怜相的人。

就这样,在那个家伙进行着不知何时会结束的旅行时,时间又过去了一个月。本来要处理的事情就多,又只有三个人在做事,每天连按时下班都很困难。所以一个月后，那个家伙回来的时候，我真的很高兴。

就在我快要撑不住，决心马上申请休假时，第二天，一位同事说："那个家伙不在的时候太辛苦了，我也要休息一下再回来。"也许是因为休息了一个月而感到有些抱歉，那个家伙批准了同事的休假。于是我们又变成了只有三个人干活的状况，简直是地狱。

等到那位同事回来的时候，我的灵魂都被掏空了。大约两个月的时间里，为填补公司的人员空缺我不得不疯狂工作。虽然这里写得轻松，但那段日子其实真的很艰难。

或许是过重的工作任务带来了心理压力，我在地铁上出现了恐慌症状。早上的通勤之路变得非常可怕，好几次都想从必须搭乘一个小时以上的1号线上逃跑。再这样下去就要出大问题了，我想先休几天假，于是给那个家伙发了很长的消息。

第二天我和那个家伙在咖啡厅聊天，很坦诚地说自己太累了，想休息几天再来。可能是因为忍耐了太久，我说话时一直有种哽咽的感觉。然而，听完我的话，那个家伙说："你知道吗，'逃亡之处没有乐园'。"

那你自己为什么要去休假？伴随着比刚才更激动

的情绪，这个想法也自然而然地冒了出来。一个月的时间里，那个家伙好像学会了什么读心术，他接着说："我去过了，所以知道那里没有乐园。总之现在你不准休假，12月前后再去吧。"

双标。那个家伙对自己无限宽容，对别人却很严格。状态不好的时候他觉得自己是全世界最不幸的人，简单打个招呼，当天就离开了。手下遇到同样的情况，他却只知道让人自己克服，这种做法还真是很"帅"。我又没有要求额外的假期，只是想用掉原本就有的高温假而已啊！

结果是，我在12月排定的休假前三天辞职了，没办法和只对自己宽容的男人一起工作再多一天。辞职后，偶然看到那个家伙的聊天软件签名上写着"逃亡之处没有乐园"，还气得在床上踢了好几天被子。

从此以后，和那个家伙一样双标的人，成了我有多远躲多远的类型。直到现在我还会祈祷，希望以后要进的公司不要有这种家伙存在。

上司吐槽大会要开始了,要来参加吗?

_____

_____

_____

_____

_____

_____

_____

06
这件事,仅次于衣食住行

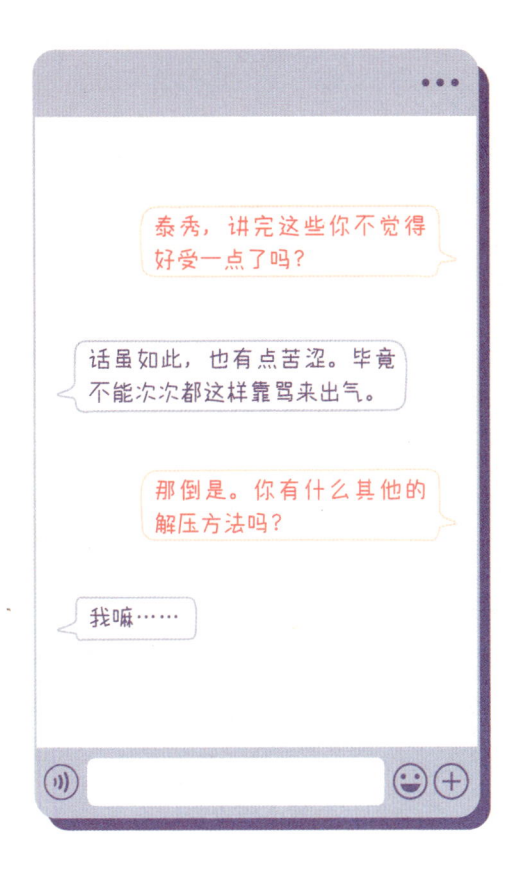

> 泰秀,讲完这些你不觉得好受一点了吗?

> 话虽如此,也有点苦涩。毕竟不能次次都这样靠骂来出气。

> 那倒是。你有什么其他的解压方法吗?

> 我嘛……

K歌之王也会去投币KTV

泰秀

我第一次去的KTV是位于万寿洞全医院旁边的金星KTV。推开包间门,听到音乐的瞬间感觉就上来了。"啊,好痛快!"此后二十年的KTV独行人生,大概就是从这里开始的。

放假时,我一周去七次KTV。当时网上流传着只有把嗓子唱到出血才能练就天籁之音的说法——很明显是谣言——我却深信不疑。每晚我都和朋友相约K歌,唱到嗓子哑才回家。逐渐告别KTV,已经是十年之后的事了。

求职那阵子没怎么去K歌,KTV的最低消费时间是两小时,价格是2万韩元(约合人民币100元)。这对没有收入的毕业生来说负担过重,加上我也很难找到一起去的朋友。当然,找到工作后情况也没什么变化。忙碌的我,到了周末就已经没有精力分给

KTV了。就这样,我们学校2年级5班K歌之王张泰秀,被迫走下了舞台。

"是压力性肠胃炎呢。"医生听我说一想到公司肠胃就不舒服时这样回答道,"这种情况很常见。好好休息,多喝热水。"拿着鸡肋的结果,我领了药回家,药效却连三天都没能维持。虽然说出来有些羞耻,但当时的我一天要去六次洗手间,甚至会在通勤的地铁上因为内急下车。"你要充分休息,偶尔做点开心的事。"医生的建议很温暖,可惜毫无用处。

"4首歌1000韩元(约合人民币5元)。"就在此时,五颜六色的霓虹灯映入眼帘。我像是被迷住了一样走到地下室,习惯性地买了瓶水。"66767",我按下遥控器,点了金延宇的《离别出租车》。这首歌的音调非常高,但在不知不觉中,某种熟悉的感觉回来了——"还蛮痛快的嘛!"我再次拿起了遥控器和麦克风。

Noel组合的《全部都是你》,歌手赵长赫的《中毒的爱情》,歌手曹诚模的《寄给天堂的信》("To Heaven")……我完全没想过硬币会用完,直到凌晨1点没歌可唱的那一刻才从KTV走出来。喉咙里已经有了一丝血腥味,却还是没能练就天籁之音。不过还不错，我至少找回了一度遗忘的东西。

技术总归是为人服务的。不论是多新潮的技术，如果对人没有好处，最终也会被淘汰。智能手机、电动汽车、AI、区块链，2010年前后可以说是技术的时代，但如果问我其中最人性化的发明是什么，我会毫不犹豫地回答"投币KTV"。4首歌1000韩元，这个便宜又方便的空间能缓解多少人的压力？我简直无法想象。

最近只要开始觉得胃疼，我就会往机器里投进1000韩元，干净利落地唱3首歌然后出来。准确地说是唱10分钟，这样就足够了。每天10分钟、1000韩元就能创造出的一平方米的喘息空间，要比任何药物和安慰都更有效。

最近在忙什么？

文桢

辞职之后，有一段时间我压力很大，怎么都无法排解。那个时候对我来说最好的解压方式就是不见任何人。讨厌连"最近在忙什么？"这种简单问题都回答不出的自己。"在准备找工作。"像鹦鹉一样连续两年说同样的话，听起来实在很没出息。

但不见人无法完全消除压力。我怀念和朋友们有说有笑的时光，这变成了另一种压力来源。恶性循环之下，找到适合自己的减压之道或许比衣食住行更重要。

幸运的是，最近别人问起"那你的解压方法是什么"时，我变得有话可说了。"我啊，会去跑跑步。"这么说的话，一般人会想到四十多千米的马拉松，或者想象在汉江公园悠闲慢跑的样子。通常我会让大家尽情想象，但今天我打算如实相告：我会去跑步，但不会跑很远，大概也就……10米的样子。

这个习惯是从今年4月左右开始的。一直待在家里很容易产生负面的想法，所以我会逼自己出门和妈妈一起散步。刚开始确实能调节心情，可是走着走着，负面想法就又跑了出来。边走边思考求职、人际关系等世界上各种各样的苦恼，脑袋和腿像灌了铅一样累。

我决定干脆停止思考。但是这个名为"思考"的家伙不是说"停下来"就会乖乖停下来的，需要采取一点极端手段，于是我突然在原地拔足狂奔了起来。一辈子都没这么动过的身体突然高速运转，大脑好像被吓坏了。但那一刻，我的心情无比畅快。第一次尝试跑步那天，我试着调整呼吸，不断重复相同的动作，回家之后浑身痛得不行。

一向能走就不跑、能坐就不走、能躺就不坐的我突然跑起步来，妈妈还以为我疯了。之后为了调整状态，我开始一点点尝试跑步。我是在缓解压力，而不是在正经运动，没有必要跑一个小时——总归要尊重自己的体力嘛，太勉强的话会生病的。

独属于我的缓解压力的方法：10米跑。虽然说出来有些惭愧，但不分时间和地点，正正好好，我只需要10米就足够了。

你有没有专属于自己的解压方式?
说不定这件事比衣食住行还要重要。

> 比如可以准备一个一唱压力就消失的歌单试试。

07

确定要删除吗?

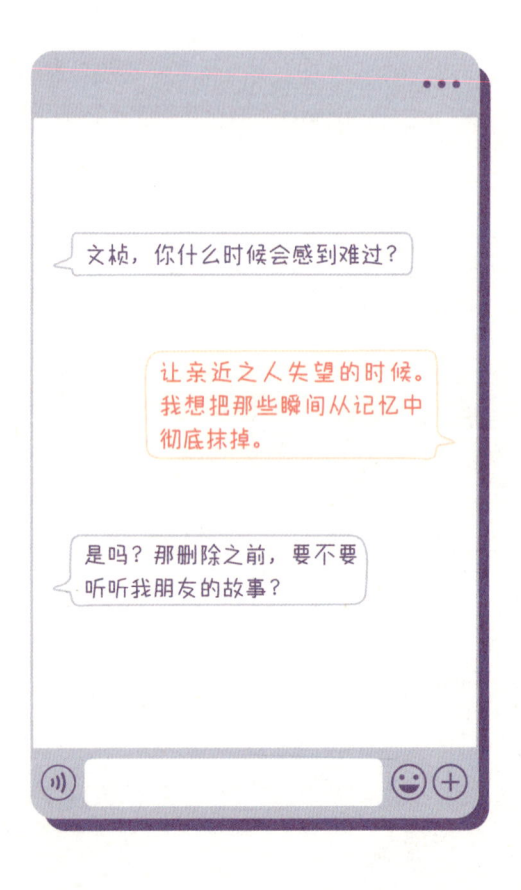

> 文桢,你什么时候会感到难过?

> 让亲近之人失望的时候。我想把那些瞬间从记忆中彻底抹掉。

> 是吗?那删除之前,要不要听听我朋友的故事?

那个去鹭梁津的男人，后来成了台球达人

\# 泰秀

说起鹭梁津，我最先想到的就是水产品市场，接下来便是公务员补习班。每天早上为了上一堂补习课，闭着眼睛排队的人有数百个。我的朋友也在其中，且一排就是两年多。

朋友的父亲是公务员，听说还是级别很高的事务官，哥哥则是一名老师。生于这样的公务员之家，朋友理所当然地报名补习班，过上了租房备考的生活。凌晨起床这件事比想象中的愉快，独自霸占空无一人的教室，自然而然地会生出一些满足感。朋友每天早上从沉甸甸的包里把书和文具拿出来放在桌子上，然后就呼吸着清新的空气，出门打台球去了。

他发誓自己一开始只是出于好奇。在四面八方都是竞争者和监视者的牢笼里，他迫切地需要一个可以暂时放松玩耍的空间。问题在于他的台球天赋。

朋友天生眼力好，手法也出色，甚至想出了前所未有的技术，以至于隔壁桌的大叔们都不知不觉地围过来看热闹，为他欢呼叫好。只打一场就回去实在很可惜。

在看不到希望的公务员考生和鹭梁津台球场冠军之间，朋友选择了后者。那时朋友大约24岁，台球平均能拿到300分。突然之间他意识到，似乎哪里有点不对。

良心不安的朋友回家后，他的家人为了犒劳他，特意带他去吃排骨。排骨店开在十字路口，店面大，菜品也好吃。快到退休年龄的父亲说："怎么样，复习还顺利吗？"朋友默不作声。妈妈问："一定很累吧？再辛苦一会儿就没事了。"朋友继续沉默。父亲又说："好吧，只要考试合格就海阔天空了。"这可真是一记本垒打，父母出于关心说的三句话，足以把朋友的自责感统统粉碎。

"拜托，请别再说了，我不想当公务员！"整整三层楼的排骨店瞬间安静下来。

然后朋友小心翼翼地向惊慌的爸爸妈妈说出了心里话："我想做音乐。"没什么理由，朋友之前就喜欢唱歌，仅此而已。

多年之后，朋友说这是他人生中的转折点。曾经害怕只顾自己满足而让家人失望，最后却哪边都没顾上。现在朋友除了学习，还在自己作曲，且打得一手好台球。如果说有什么变化的话，那就是他现在是自己出钱租房，在里面做着这一切。虽然生活不像公务员那样稳定，也没有像样的名片，但朋友看起来相当快活。这不就足够了吗？

好女儿情结

\# 文桢

最近,比起生儿子更想生女儿的夫妻在韩国持续变多。与其生个冷漠无趣的儿子,有个朋友一样的女儿会比较不孤独。第一次听到这句话的时候,我把自己和沉默寡言的哥哥比较了一下,忍不住点了点头。但是大家也意识到,总得顾及一下女儿的感受,实际上,女儿往往比想象中更难满足父母的期待,甚至出现了"好女儿情结"的说法。

妈妈对我的期待不高,"差不多就行了"。成绩中等,考上一个能搭地铁上学,或者能回家陪家人过周末的大学就可以。不知道这算不算"差不多",总之我努力做到了。上大学后,某种程度上我成了不辜负妈妈期待的女儿。从那时起,她甚至会将我称为"什么事都能自己处理的好女儿"。

妈妈偶尔会给我讲别人家女儿的故事,比如第一次送妈妈出国旅行的女儿、在结婚纪念日或生日时给妈妈送花或其他礼物的女儿。果然生女儿是最好的。当时我也以为只要找到工作，就能顺理成章地为妈妈做这一切，没想到后来却成了凌晨才下班、搭末班车回家的没用女儿。

到家的时候妈妈总会问："吃过晚饭了吗？"面对这样简单的关切，我却无法如实回答："都几点了，肯定吃过了呀！"洗完澡躺下后却因为肚子太饿而无法入睡。饿肚子的人明明是自己，不知为何，我的心中却对妈妈充满了歉意。

独处时间越来越多的妈妈，突然开始依赖起孩子们。而且，比起哥哥，似乎我是更应该在乎这件事的那个。哥哥几乎不怎么说话，妈妈说他很无聊。但是我也越来越难和妈妈说话了，不知道说些什么好。

消化不良，每天都要靠肠胃药度日；恐慌症状加重，坐地铁时越来越难受。这些都是没办法和妈妈说的。我更不能告诉她，向来成熟稳重的女儿总会在上班路上幻想被车撞到，这样就能休息几天了。毕竟我是不会让妈妈操心的好女儿，是什么都自己看着办、完美做好一切的女儿。

压垮骆驼的最后一根稻草自然而然地到来了。我在毫无计划的情况下突然辞职，每天都在家里待着。有一天我心里格外郁闷，跑去冲澡，吹头发时妈妈走过来，说："真不知道你哥哥有什么问题，如果能像你一样凡事都知道自己处理就好了。"

放在平常，我可能听听就过去了。但是那天，我忍不住对她大喊："妈，我到底哪里做得好了？我明明什么都做不对，你为什么还要这样夸我？我都不知道要怎么办才好了……"

直到现在我也没想明白自己哪里来的底气这样发火，脑海里只有当时停在眼前的吹风机。忍耐多时后爆发出的话语完全无法停止，我第一次像这样源源不断地对妈妈说出令她失望的话。我说自己毫无计划，什么都不会做，也不喜欢她理所当然期待我什么都能做好的样子。她常拿来夸我的那句话，让我喘不过气。

让别人失望是一件极为痛苦的事情，但时间过去了一阵，我会想："这是迟早都要让对方经历的失望。"很多人一开始就知道怎么做这件事，并且把它做好。所以，对我来说这不是后悔，而是酣畅淋漓的瞬间。虽然真的很对不起妈妈，但这种感觉，就像海盗船落下的瞬间、放开嗓子尖叫那样让人痛快。

　　当然，这次发脾气并没有让妈妈产生什么改变，她还是老样子，改变的反而是我。最近当再听她讲那句话，我已经不会再自责，或者想努力变成更好的女儿了，而是在心里暗暗想："妈妈，抱歉我是个没什么出息的女儿。但是我也没办法！"

你有过让人失望，
自己却反而松了一口气的时刻吗？

> 那一刻有没有给你后来的人生带来什么改变？

_____

_____

_____

_____

_____

_____

08

幕后花絮 A

现在想起来依然很后悔的事

文桢

辞职后我去欧洲旅行了。因为是一个人去的,所以只能放弃与景点合影。那时我觉得巴黎的治安不好,也很难把手机交给别人让他们帮忙拍照。可我很想在埃菲尔铁塔前留念,于是独自站在能看到埃菲尔铁塔全貌的桥前苦思,想着怎么才能拍成这张照片。

就在这时,一对面容和善的"韩国母女"经过,我立刻向她们投去了恳切的眼神。"要帮你拍张照吗?"对方竟然主动和我攀谈了起来。其实只拍一张照片就够了,但她们花了很长时间帮我选拍照的位置、姿势,甚至推荐摄影软件,非常热情。如果我也是和妈妈一起来这里旅行,情况会怎么样呢?总之我是真的很羡慕,也很感谢她们,不管怎样都想传达自己的心意。于是我对"女儿"说:"和妈妈一起出来玩?"结果对方回答:

"我们是同学……"

"……"

如果能穿越时空,我一定会选择回到那一刻,看是要堵住自己的嘴,还是把自己打晕。说出人生中十分轻率的一句话的瞬间,我感到浑身发烫。

不管怎么说好像都无法收拾残局。"不如自行了断吧……"我甚至想过跳到旁边的河里。已经不记得是怎么道歉和道别的,等我回过神来,她们已经离桥很远了。

于是我尽量远离那个地方,想着如果不马上被人说上几句,感觉就会疯掉。我给朋友打电话,让他骂我。听我讲完,朋友感慨地说:"以后就叫你'巴黎垃圾'好了。你会在韩国人论坛里成为主角,帖子标题就是"不能替独自来旅游的观光客拍照的理由"。她们以后绝对不会再好心帮助别人了。"

谢了。朋友有多好,我这时才知道。挂断电话后,在接下来的旅途里,我开始了漫长的沉默修行。

回想起那段记忆的同时,我忍不住想,以后都要默默地接受发生在身边的坏事。如果可以辩解,我会说自己原本是说话前会多想一会儿的类型,而且那两个人中可能有一位是年纪比较大的时候才去留学的。我曾像忏悔一样地对另外一位朋友说起此事,他打断了我的话,表示无法理解。

好吧,我知道这是一句怎么都圆不回来的话,但我恳切地希望在记忆中删除那一刻,并且希望把她们记忆中的那部分也一起删掉。真的。

现在想起来依然很后悔的事

\# 泰秀

《听说弘大、梨泰院夜店拒绝30岁以上的人入场,这是真的吗?》,这是2018年11月30日发表在"知识分子"网站上的文章。虽然搜索这篇文章只是单纯的出于好奇,但30岁的我,确实很想去夜店。

和20岁开始交往的女友谈了十年恋爱后结婚,在哪里都是热门话题。"怎么能交往那么久?""没吵过架吗?"每次遇到这样的问题,我都会回答说:"怎么可能没有,当然会吵架啊。但继续下去的秘诀是,一定要当场和好!""原来如此,好厉害!"面对如此显而易见的答案,人们像是听到了什么了不起的建议一样。大部分人都没有的经验,有时会成为一种权威。对我来说,拥有这种绝对威严的人,就是"夜店小王子"们。

中学时的朋友中,有个被称为"爵士乐迷"(Jitterbug)的人。他是一个经常去夜店放飞自我的家伙,动不动就说:"我跟你说,经验就是财富,财富!去一次看看吧,去了你就懂了。"

然而每次我都因为各种原因拒绝。成年后我基本没有和女朋友分过手,没有去夜店放松的机会,也讨厌那种吵得无法交谈的空间。所以我总说:"世界上有趣的地方多的是,为什么非要去夜店。"其实都是骗人的,我只是想表现出"我和你们不一样,我可是个很高尚的人"的样子。

有一天,当时还是女朋友的妻子说:"我们要不要一起去夜店?"我对同样没有去过夜店,对此充满好奇和期待的她说:"去那里做什么?在 KTV 也可以玩得很开心啊。"我从没见过她的脸色像当时那么苍白。可能是因为受了太大冲击,现在她不再提去夜店的事了。

如果有时光机,我可能会回到她约我的那一天。我后悔的并不是拒绝去夜店这件事,而是 20 多岁的时候在很多方面都不够坦率。如果妻子再问我一次,我想这么回答:

"好啊。我看网上说,江南那边的夜店过了 30 岁的人也能进。"

09

如今终于能说出口了,我的秘密

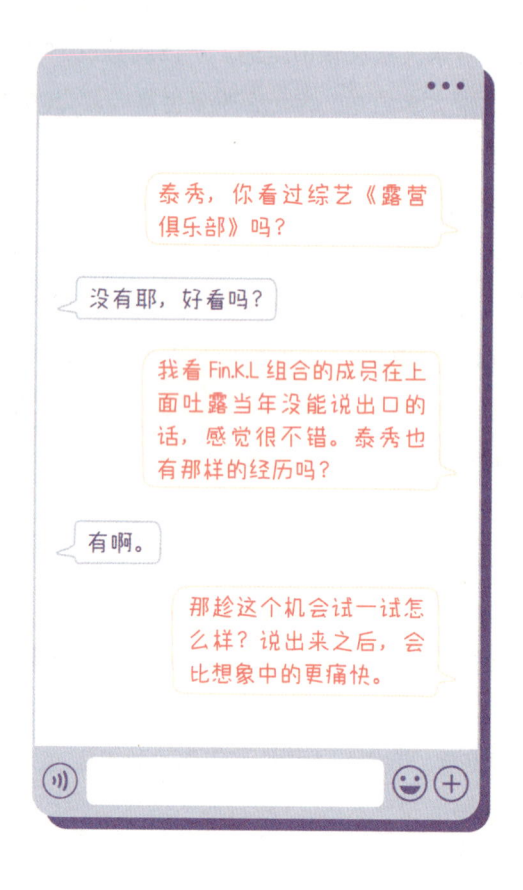

> 泰秀,你看过综艺《露营俱乐部》吗?

> 没有耶,好看吗?

> 我看Fin.K.L组合的成员在上面吐露当年没能说出口的话,感觉很不错。泰秀也有那样的经历吗?

> 有啊。

> 那趁这个机会试一试怎么样?说出来之后,会比想象中的更痛快。

8岁时,妈妈不见了

\# 泰秀

记忆中妈妈最后的身影,是她和爸爸吵架的样子。当时8岁的我,和姐姐一起躲在厚厚的被子里哭。那之后,妈妈和爸爸离婚,我被交给奶奶抚养。这就是全部了。很可惜,在多年前的照片中亲切笑着的妈妈,并不在我的记忆里。

真正意识到妈妈不在了,是学校要求填写妈妈的姓名和职业时。虽然很想硬写点什么,但我怎么都记不起妈妈名字的最后一个字到底是"惠"还是"爱",最后什么都没写出来。老师很体贴,私下把资料表还给了我。我也觉得自己很可怜,连妈妈到底是怎样的存在都搞不清楚,却还常常想着去找她。正因如此,我才希望把"妈妈"这个字眼彻底从人生中抹去。如果无法拥有,就不要抱期待——这是年幼的我在当时唯一能想出的方法。

这样的我时隔22年再次找到妈妈，是因为奶奶。

"好歹是生了你的妈妈，结婚这种大事得通知她，让她坐主桌。奶奶坐在那里，人家会看笑话。"我拼命拒绝，说我连她的手机号码都不知道。然而之后我吃惊地发现，姐姐有妈妈的号码，并且一直和她保持着联系，甚至爸爸也是如此。于是我打电话过去，尽量平静地说："妈，我要结婚了。我们能见个面吗？"

在高级餐厅重聚的一家人，果然如同想象中一样尴尬。"你过得怎么样？结婚对象是什么人呀？"要借着酒意才能勉强维持对话。那天听说的事情中，最令我吃惊的是爸爸和妈妈竟相差10岁。妈妈说她20岁和爸爸结婚，23岁时生了我。在谈笑风生的姐姐、爸爸和妈妈中间，我完全说不上话。

"没有妈妈的孩子"，这个标签放到30岁再看仍然可怕。小时候遭受到的异样眼神，就算是时间也无法治愈。尽管如此，我还是想说："我理解妈妈。"我仍然不知道妈妈是一种怎样的存在，更无法想象身为人母的妈妈的心情，但依然想要拍拍她的后背，对她说："在那个自顾不暇的年纪，要照顾一个还没办法用语言沟通的孩子，一定很辛苦吧。所以妈妈才会想放弃一切,一个人待着对吗?"要做到爱惜他人超过自己,对于当时还太年轻的妈妈来说确实太困难了。

年纪渐长,发现原以为自己能做到、实际上却做不到的事情真的太多了。当时的妈妈会不会也是如此呢?她背负着的照顾年幼的我的压力。如今我好像稍微能理解她了。

你有想要说出口的秘密吗?

_____

_____

_____

_____

_____

_____

_____

_____

10
周末日记

2号的周末日记：
和家人分享一盘生鱼片

文桢

"你有没有想让时间倒流，穿越回过去的一天？"这个问题让我很苦恼。问题越是有趣，我就越是会钻牛角尖，情绪也越发低落。就算多花点时间，或者到了第二天再想也是一样，得不出答案。更讨厌的是，每次想写点什么的时候，我就会想起和公司同事们参加工作坊的日子。

当时我确实和同事们度过了令人难忘的一天。但那已经过去三年多了,且还是在工作场合。而就是这样的一天,竟成了我人生中想要倒转回去的时光,我很不情愿这么说。

在几乎要放弃思考这个问题,出门和家人吃饭散心的周末,就在我默默把土豆猪骨汤里的骨头和肉分开时,突然产生了一个想法:"我想要的真的很多吗?"

在公司上班时我要求的并不多。同事们都很好,我希望平常的工作日也能像去工作坊那天一样幸福,和大家有说有笑的。我对家人的期待也是如此。

虽然也希望搬去更宽敞的房子,或者不用考虑钱的问题,和家人一起轻松旅行之类,但我更想有一天能和家人出去喝一杯。我喜欢和朋友们一起喝酒,也希望与家人一起度过那种美好的时光,可惜这样的经历却一次都没有过。妈妈本就不喝酒,爸爸则觉得这种做法不适合我们一家。

想到这里,不知哪里来的勇气,那天我终于试着问:"要不要一起去隔壁生鱼片店吃点东西?"本以为爸妈会拒绝,没想到他们爽快地答应了。到了店里,点完比目鱼片,我又鼓起勇气问:"能点啤酒吗?"爸爸否决了,不过我们点了烧酒,因为爸爸觉得生鱼片配烧酒更合适。

说来有点难为情,但这样的小事让我感到了确切的幸福。那晚时间过得很快,大家酒量都不好,只是分喝一瓶酒,就马上变得语无伦次了起来。和平时看着电视、在沉默中吃饭的气氛不同,那天大家的话题接连不断。

我说:"我们家的人酒量都好差哦,一瓶酒就醉了。省钱,真不错!"大家都笑了。妈妈讲述了她对过世外婆的回忆,爸爸则只是不停地说生鱼片真好吃。后来我们还提到希望之后也能像今天这样,偶尔在外面喝酒聊天。

因为想不出能够回答这个问题的答案,我直接创造了这样的一天。现在我能真心回答了:如果人生是一卷录像带,我希望能够不断回放和家人分享一盘生鱼片的那天,包括一杯酒下肚后大家稍微放松的表情,美味的食物,还有因为觉得时间过得太快总是不时看手表确认时间的我。

那一天不那么日常,却是我喜欢的一天。

1号的周末日记:
周末吃牛肉

\# 泰秀

计划第一周结束的周末,我不断回想起有一天在超市,没有买妻子想吃的价值25800韩元(约合人民币130元)的酱蟹。妻子一边说这道三顿就会吃光的小菜比想象中贵,一边推着购物车转身走开的样子,我怎么也忘不了。

但是不知道怎么回事,我们在同一天津津有味地吃了高级烤肉的事,却很快就忘记了。这就是我对待幸福的方式。我将琐碎的不幸积累起来,苦苦盼望着会有巨大的幸福到来,将不幸一次性抹去,一边抱怨说:"我的人生只有不幸。"

人生不会突然就变得不幸,这是我在计划开始的十天里体会到的事。

经常堵住的洗手间下水道,眼前错过的公交车,突如其来的雨，激光手术带来的干眼症，毛巾散发出的水腥味，白衣服上沾到的辣椒酱，肆无忌惮地插队的爷爷，完全不听我在讲什么、自顾自唠叨不停的奶奶。

每一天，我都毫不遗漏地捕捉那些微不足道的小事情，然后变得很不幸。

我并不想要改变这样的自己，好像也改不过来。但我希望日后面对幸福时，也能像面对不幸时那样敏感。就像在这个周末的晚上，我终于记起了吃高级烤肉时的感觉。

用小小的幸福击退小小的不幸——接下来的十天，我想把这个定为目标。

3 号参与者 _____ 的周末日记

> 想想参加这个计划的过程中,你有没有发生什么变化?

_____

_____

_____

_____

_____

_____

_____

Part 3

下潜

01

没有梦想很可耻吗?

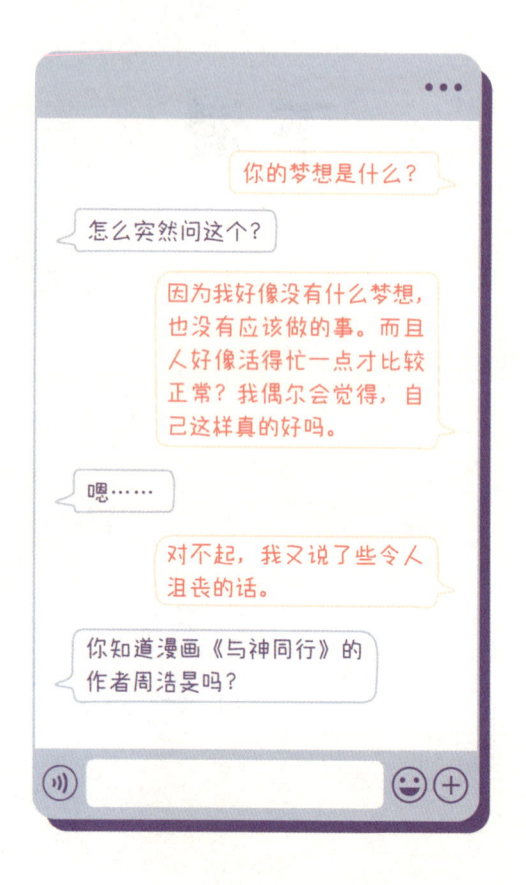

> 你的梦想是什么?

> 怎么突然问这个?

> 因为我好像没有什么梦想,也没有应该做的事。而且人好像活得忙一点才比较正常?我偶尔会觉得,自己这样真的好吗。

> 嗯……

> 对不起,我又说了些令人沮丧的话。

> 你知道漫画《与神同行》的作者周浩旻吗?

周浩旻破坏的东西

\# 泰秀

破坏王周浩旻在他的漫画作品《无限动力》中写道:"临死前你是会想起没能实现的梦想,还是没吃过的饭?"作品里正在求职的善宰得到的这句点拨,在当时引起了很大反响。十一年后,漫画家周浩旻在参加综艺节目《无限挑战》时则说:"要先吃饭才能做梦。"

有位朋友的梦想是成为一名人权律师。虽然起步时年纪已经很大,但朋友是个聪明又幸运的人,什么事都能做好。也许就是因为这样,不到一年他就果断放弃了好不容易挤进去的大公司,进入法学院就读。虽然助学贷款有3000万韩元(约合人民币16.6万元),但他很有信心。

"钱总会还完的。"朋友常将这句话挂在嘴边。

但是今年朋友的父亲突然得了大肠癌,弟弟被诊断出罕见的胰腺疾病,母亲的健康状况也突然恶化,很难再工作。雪上加霜的是,跟着父亲一起去做体检的朋友,查出自己的心脏不好。为了安慰朋友,我们约在常去的米肠汤店见面。朋友说:"早知道就不辞职了,现在也不会这么辛苦……"听着朋友说等明年通过律师考试就要去做代驾司机,我说不出话来。

那天回家的路上我开始想,"梦想"这个词之所以帅气,是因为它是只有少数人才能拥有的东西。"少年,去追梦吧!"——可即使是在漫画里,多半也只有主人公能实现梦想。有人想实现梦想,就必须有人放弃梦想——当时的我尚未知晓这样残酷的现实,也不知该怎样安慰梦想破灭的朋友。

如果睡觉时没做梦,没有人会指责我;如果是妨碍睡眠的梦,那还不如不做。生活也是一个道理。若是没有梦想也能活下去,拥有梦想反而会妨碍生活的话,最好不要有梦想。如果能再回到和朋友对话的那个时候,我想说:"我们就这样活着吧,没有梦想也没关系啊!"

梦想是什么?老实说,现在的我已经没有梦想了。非要说的话,我只想舒服自在地生活。为了梦想而凌晨回家、远离朋友、与家人疏远，现在的我没有勇气再次过上那样的生活。

最近一到周末我就会睡到很晚才起床，先做个伸展运动，然后再躺回地板上。我会打开电视，喝一口清凉的橙汁，边吹电风扇边说：

"啊……真好！"

人生在世一定要有梦想吗?

写写你对梦想的看法。

02

幕后花絮 B

要做就做这样的梦

泰秀

大概是六个月前吧,我在脸书(Facebook)上看到一个"偶像车银优搞笑的原因"的视频。那是一条把很多场景剪辑到一起的视频。第一个片段中的车银优正在表演;第二个片段中,他好像在粉丝签名会上;第三个片段是他在练习。后面几段也是类似的视频。

大约 5 分钟长的视频,任谁看都没有搞笑的场面。这是在搞什么啊?我怀着不悦的心情想关掉视频,但又不得不承认,自己还是稍微笑了一下。尤其是车银优对着粉丝们露出笑容的样子，男人看了都会忍不住嘴角上扬，就算不搞笑也能让人笑出来。对比之下，我突然觉得自己有点悲惨。

我是一个既讨厌偶像歌手，又对他们有些向往的矛盾之人。从东方神起组合到BTS，这些人不仅有实力，长得也帅，真让人不想承认！所以我没有收藏他们的歌，去KTV也绝对不点。如果有人问我最喜欢的歌手是谁，我会回答说是金范洙和金妍雨。绝没有暗讽这两位的外形，但不知为何，我对他们总有种莫名的惺惺相惜感。

我花了很长时间才接受这种心情，也很讨厌做着变帅美梦的自己。但是没有办法，我也想像车银优、像BTS成员金泰亨一样帅气，洗澡时一边擦拭氤氲着水汽的镜子一边露出心满意足的笑；希望有人看到我怕把辣炒年糕的酱料沾到嘴上时会直呼："他好可爱哦！"

电影中的阿拉丁在见到精灵时，要求他把自己变成王子。为了配得上心爱的公主，他还穿着绸缎华服，乘上地毯，把黄金披在身上。看完电影后我试着想了想自己会许什么愿望——答案已经再明确不过了：

"精灵，请把我变得像朴宝剑一样，马上！"

03

不一定非要是自己的房间

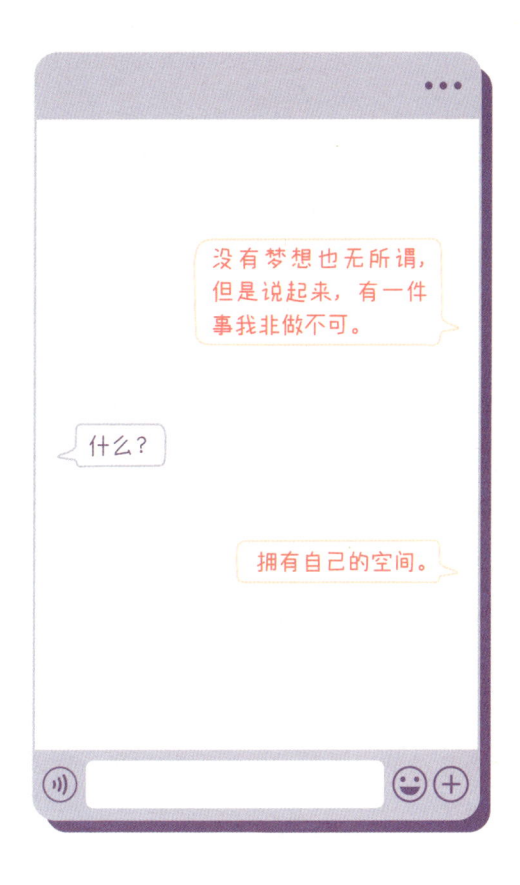

> 没有梦想也无所谓,但是说起来,有一件事我非做不可。

> 什么?

> 拥有自己的空间。

我房间的洗手间

\# 文桢

我们家之前位于爸爸工作过的工厂二楼,推开大门最先看到的就是我的房间。为了"监视"我,爸爸一天之中有好几次都要放下手里的工作上楼看看。伴随门锁开启的声音,听到"在学习吗?"的盘问,即使我当时正在念书也会被吓到。不论过了多久,那个问话的声音我都没法习惯。如果晚上还没到就躺在床上,也会挨爸爸的骂。明明是自己的床,却有固定的使用时间,就好像它不属于我一样——即使是生了病不得不卧床,心脏也会慌张地乱跳。

和爸爸分开生活后,我更没有办法好好待在自己的房间里了,那总会让我想起从前的事。因此大部分时间里我都待在客厅,睡觉时则会去找妈妈。被问到是否需要自己的房间时,我会回答:"我一直以来都非常渴望。"

在家里，我一直觉得只有洗手间才是自己的空间。想一个人静静的时候，就会以洗澡为借口逃去洗手间。只要待在洗手间就会感到很放松，因为没人会开门进来。在洗手间里，无论是站着、坐着还是哭泣，外面的人都不会知道。对我来说，这就是唯一不受任何人干扰的空间。

老实说，只有洗手间是属于自己的空间这种情况让我很不愉快。我讨厌让事情变成这样的爸爸——他是我最亲近的家人，而不是什么外人。明明他把一切都看在眼里，却完全不能理解我的心情，这让我更加伤心。"好好的房间为什么不能用？"有人说家人才是世界上最不了解你的人，这话没错。

很长一段时间里我都在自怨自艾，但现在我想要做出一点改变。我迫切地需要自己的空间——如果办不到，去家以外的地方找也行——这就是我的结论。

最佳备选方案是漫画店。第一次去漫画店时，如果身旁有人经过，躺着看漫画的我就会像个傻瓜一样不由自主地爬起来——躺着，并且还是在看漫画，却不需要看任何人的眼色——这种状况真是让我不适应。

有事要做的时候，我会把东西收进包里，跑去咖啡厅。周围明明全是陌生人，却比在家里还要自在。这真的很神奇。在咖啡厅悠闲地喝着咖啡，做完该做的事，再看看书。回家后，即使看到被我当成仓库用的房间，也不会像以前那样抑郁了。

漫画店和咖啡厅，这是我之后也想要多去的备选空间——在我拥有自己真正的房间之前。

有没有一个空间是只属于自己的？

> 如果想不出来，不妨参考后面的条件。

只属于我的空间的条件：

1. 不用看其他人的眼色。
2. 什么都不做也能很自在。
3. 不必是在家里。
4. 不一定是独处的空间。

04
啊，肚子有点儿饿

泰秀，我们好像忘了最重要的主题……

嗯？什么主题？

吃！

绝对不会辜负你的土豆饼

文桢

食物名称

绝对不会辜负你的土豆饼

材料

1/ 小土豆，6 个

2/ 洋葱，半个

3/ 削皮刀

4/ 刨丝器（没有的话就别做啦）

5/ 筛子

6/ 土豆粉

步骤

1/ 用削皮刀削去土豆的外皮。

2/ 没有感情地把土豆刨成丝。

3/ 把土豆丝倒进筛子，用水冲洗。

4/ 把半个洋葱也刨成丝，和前述材料混合。

5/ 在平底锅里倒入食用油，小心地煎出土豆饼。

努力总是在辜负我。普通生活着的时候，做饭的时候，无一例外：大费周章准备好各种材料，做出来的炖菜却煳掉了；下决心做的鲜鱼，却因为没办法去腥直接送进了垃圾桶；硬着头皮吃完自己做的番茄奶油意面，两年来一闻到类似的味道就恶心……

但是在这个残酷的世界里，有一种食物是绝对不会辜负我的努力、值得好好感恩的，那就是土豆饼。刨土豆丝时胳膊很酸，要花的时间也很长，一个小时都不够。但是土豆饼刚出锅，咬上一口的时候，那种仿佛置身云端的嚼劲十足的口感会补偿一切。用搅拌机磨粉后做成的土豆饼绝对模仿不了这个味道，只有经过刨丝器洗礼的土豆饼才能有如此伟大的口感！

压力大的时候，把土豆拿出来慢慢刨丝吧。虽然制作过程有点辛苦，但只要吃上一口，就能明白土豆饼是多么讲义气的食物。

好，今天就写到这里吧。我饿了！

伟大的韩食

\# 泰秀

食物名称

酱油鸡蛋饭

材料

1/ 大量米饭

2/ 酱油（酿造酱油）

3/ 鸡蛋，2 颗以上

4/ 香油

5/ 芝麻

6/ 金枪鱼，或是泡菜和泡菜汤（核心食材）

步骤

1/ 准备一个装汤面的大碗，铜制大碗也不错；但不能用普通盛饭的小碗，容量不够。

2/ 盛一碗满满的米饭，满到会自问"会不会盛太多了"的程度。

3/ 碗中放入3大勺酱油。

（酱油分量根据饭量进行调整：如果是能把大碗装满的分量，3勺酱油就正好。）

4/ 放入一大勺香油。

5/ 放入一大勺芝麻。

6/ 放入一大勺金枪鱼。虽然有点儿干涩，但如果你喜欢丰富一些的口感，推荐加入。如果家里没有金枪鱼，放一大勺泡菜或者泡菜汤也可以。没胃口的时候吃这个最棒了！亲自尝尝吧，没试过的人是不会懂的。

7/ 最后加入2颗半熟荷包蛋。

（注意，一定要是半熟的！）

在连觉都睡不够的日子里，自己下厨绝非易事。和家人同住还好些，但若是独居，碰到又困又累、肚子还很饿的时候，根本是一场"灾难"。每逢此时，我就会做这道酱油鸡蛋饭。或许你觉得做起来简单又美味的食物是不可能存在的，不过这道菜真就是这样。非要挑出一点麻烦之处，也就只是用勺子拌各种材料时手腕会有点儿酸而已。

有过独居经历的我明白每个人都很辛苦。当你一个人回到家，看到堆积如山的脏盘子、没有扔掉的垃圾、空着的冰箱时，可能会想"晚点再吃吧"，然后放弃吃饭这件事。这种时候，就来尝尝酱油鸡蛋饭吧！

从烹饪到享用，全程不过 15 分钟。你只需要在一个足够大的碗里放上米饭、酱油、芝麻、香油、一勺金枪鱼，最后再放上鸡蛋就大功告成了。如果能再来一杯冰镇啤酒，搭配一部电影，那就更完美了。不知不觉，你的身心都会得到治愈与满足。

你有必胜食谱吗?

分享出来看看吧!

_____

_____

_____

_____

_____

_____

_____

今天就到这里,我们去吃点儿什么吧!

我要吃辣炒年糕、米肠、炸鱿鱼、鱼饼汤和拌面。

我要吃鲜虾寿司、三文鱼寿司、奶油培根意面、生拌牛肉、提拉米苏、珍珠奶茶,还有黄油面包!

这些你能一次都吃完?

05
小确幸也太沉重?那迷你确幸就好

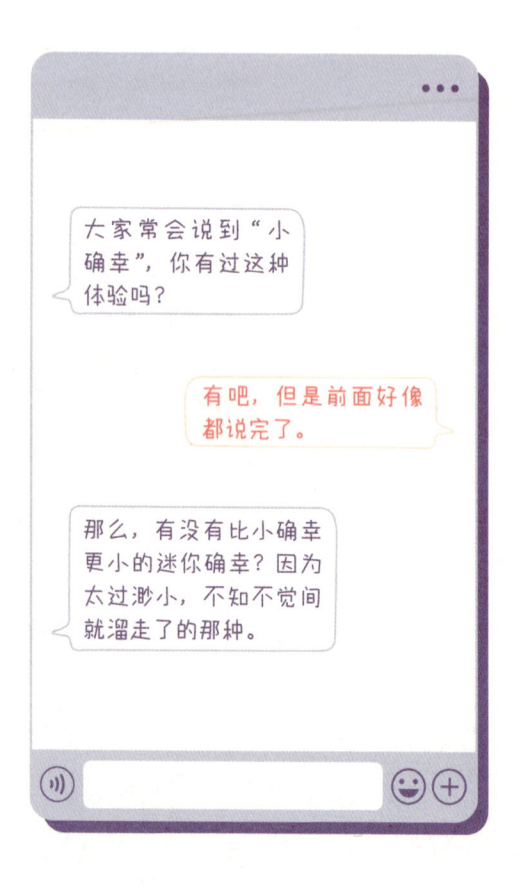

> 大家常会说到"小确幸",你有过这种体验吗?

> 有吧,但是前面好像都说完了。

> 那么,有没有比小确幸更小的迷你确幸?因为太过渺小,不知不觉间就溜走了的那种。

据说首尔比西伯利亚还要冷

#泰秀

2018年1月早上有一则特大新闻:"首尔零下17度,比西伯利亚更为寒冷。"又来了,胡说八道。原以为这是媒体一贯的夸大其词,后来才发现这竟是真的。那一年的首尔,比世界上任何城市都要寒冷。

当时我身穿反季8折促销买下的羽绒服——那是我一边对抗酷暑,一边精心挑选出的优质好货。站在旁边的售货员说:"有了这件羽绒服,就算里面只穿一件短袖,在西伯利亚也足够御寒了。鹅绒这个东西可不一般,不然大冬天的,鹅怎么还能在水面上游来游去?"结果10分钟后这件外套就成了无用之物——别说短袖了,我连高领都套了三层,还是冻得瑟瑟发抖。

下班坐上地铁的时候,智能手机自带的温度计指示着零下18度。真是个奇妙的数字。地铁里比想象中暖和，感觉还撑得过去，可是没过多久就要下车了。就在这时，奶奶打来电话："什么时候回来？"天气这么冷，我也想知道什么时候才能到家。于是我刚说完"快到了"，就马上挂断了电话。

我把双手插进腋下，压低帽子，确认没有让风漏进来的机会之后才走出地铁站。有个袜子只到脚踝、踩着三条杠凉拖、上身披着单薄外套的中学生从身边经过，不由得让我想起了"季节性疯子"这个说法。

经过一番波折终于回到家，我的脑袋里就只有一件事——躺下。连换衣服冲澡也顾不上，"冷，冷，冷死了！"我怪叫着推开房间门，掀开奶奶帮我铺好的床，把腿伸进去，身体蜷成一团，再次盖紧了被子。其他的一会儿再说吧！

啊，被窝里已经很暖和了。电热毯是奶奶帮我打开的。她好像知道我这一天过得有多辛苦，知道我一回到家就会躺下，温度也调得恰到好处。我很想哭着喊一声"奶奶……"，但眼泪到最后也没流出来。

回想一整天的经历，我的感想是：以后再也不能小看天气预报，再也不能听信促销人员说的话了，还有……每天都要对奶奶心存感激。就这样过了大概半小时,幸福和感谢的心情转而变成了担忧:"如果现在就睡,可以睡几个小时?"我拖着沉重的身体爬了起来,刷牙洗脸、洗头发、擦拭双脚——就是没去洗澡——然后又躺回了床上。

明天会有多冷呢?怀着恐惧的心情,我把被子裹得更紧了。外面冷得要命,而家里是如此温暖。想到这里,我不禁露出了笑容。

只需要一张电热毯就能感到幸福的人生……说起来似乎也有一种微妙的浪漫。

午餐吃牛骨汤如何?

\# 文桢

时隔两年再次见到泰秀,发现他变得和以前不大一样了。过去一起吃午饭时,不论别人提议去哪里,他都会毫不犹豫地说"好啊!"这次为了计划碰面,他却从见面就开始对午餐吃什么发表意见。

有一天他执意要吃烤鱼,让我在炎热的夏天里汗流浃背地走了好远,还逼我吃平壤冷面。他曾经是一个吃什么都无所谓,只要吃饱就好的人,所以几天下来,我能感觉到他的变化还挺明显。

后来才知道,原来他是在单独进行一个名为"自己点菜"的计划。从前总根据朋友的意见决定菜单的人,辞职后正在练习积极地表达自己的想法。他说变成一个连吃什么都会主动提出自己意见的人之后,心情也愉悦了起来。

我突然意识到,之前和大家一起吃饭时,我也从没提出过自己的意见。如果有人问我想吃什么，我会回答："你呢？我都可以，选你想吃的吧！"这种情况是从什么时候开始的已经记不清了，但不知不觉中已经成为习惯。

会不会就是因为这样，我才总是觉得一个人吃饭、一个人去旅行会更自在呢？从菜单到见面的时间和地点，从旅行地点到旅行风格，只要是和某人一起，我几乎都会配合对方。

最近我也会偶尔对午餐菜单提出意见了，前几天还说要走远一点去吃牛骨汤。原本以为自己点菜这种事情太过琐碎，但这种做起来很简单的不起眼的小事，往往最容易被我们忽略。

"偶尔试着对菜单发表一点意见吧。"想到世界上还存在如此微小而确切的幸福，心里不禁感受到一丝慰藉。

小确幸也太沉重?那试着写一个迷你确幸吧!

> 比如在和人一起吃饭的时候不说"和你一样",而是挑选自己喜欢吃的食物。就算是这样的小事也很好。

_____

_____

_____

_____

_____

_____

06

我也是"学术人"

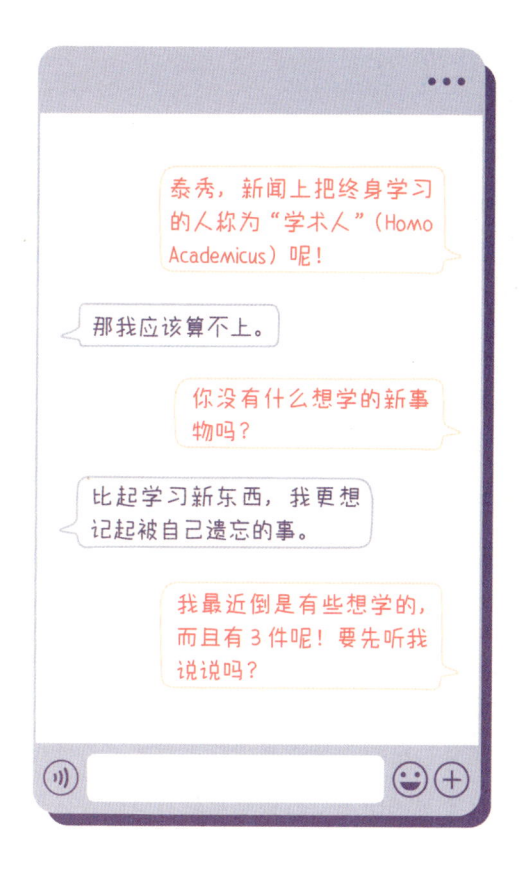

> 泰秀,新闻上把终身学习的人称为"学术人"(Homo Academicus)呢!

> 那我应该算不上。

> 你没有什么想学的新事物吗?

> 比起学习新东西,我更想记起被自己遗忘的事。

> 我最近倒是有些想学的,而且有3件呢!要先听我说说吗?

寻找离家出走的猫的方法

\# 文桢

第一,学习寻找离家出走的猫。可能有人会问学这个要做什么。实际上,还真的有人以此为职业,那就是负责寻找离家出走的宠物猫的职业"猫侦探"。

去年朋友家的猫离家出走,我在帮忙找猫的过程中第一次知道了猫侦探的存在。他们对猫的习性和它们可能逗留的场所了如指掌。看到主人无论怎么着急怎么呼唤都见不到猫的影子,猫侦探一出马就很快找到,我不禁觉得他们比侦探夏洛克还要帅气。

我以后一定会养猫的。为了那一天,提前学习一下也没有坏处。

第二,学习如何轻松自如地潜水。计划名字里加入"潜水"是有理由的。我很喜欢"潜水"这个词,它既有一种与生俱来的刺激感,也有躲去舒适区的安全感。尽管我很胆小,想到潜水就有点紧张,但我想锻炼一下自己的胆量，未来有机会能去试试浮潜甚至深潜，并且要帅气地下水，帅气地上岸！

第三，学习各国的传统舞蹈。有人说："了解一个国家的舞蹈，就能了解那个国家的文化。"当然啦，我并没有这种了不起的目标，只是每当看到电影中出现跳传统舞的场面，就会感到莫名的兴奋。

虽然现在每天早上光是搭地铁通勤都要花上两个小时，但未来如何也说不定。如果有一天，我不是搭地铁，而是坐飞机去旅行，而目的地的街上正好在举行庆典，那么我也会有上前跳一曲的机会吧？那时我想，跳着事先学过的那个国家的传统舞蹈，令众人大开眼界。另外，我还希望那是一次独自旅行。

筷子用得好才能吃饭吗?

\# 泰秀

好久不见的朋友说想学习拍摄油管(YouTube)视频。他运营的频道订阅者人数是 17,目标则是年内让这个数字翻 100 倍。此时,另一个平常默不作声的朋友也开口了:"我想学街舞。"他给我看了歌手朴宰范《身材》的 MV,说这就是男人的性感。接下来很自然地就轮到我了,朋友们问:"你想学什么?"我却支支吾吾地推托道:"我连糊口都很勉强……"

过后我认真思考了这个问题。虽然长大成人后说这种话很让人害羞,但我想学习筷子的用法。如今我仍然用不好筷子,不是完全不会,而是像 DJ D.O.C 组合里的哥哥们所说,按自己的方式(拿筷子)也能吃得很好。但无论如何,现在好像是该练习一下了。

几周前我和妻子还有双方家长一起聚餐,有道小菜是酱煮黑豆。我已经饱了,只是想吃点黑豆,让口腔更清爽，没想到刚一夹起来它就掉下去了。出于胜负欲我又试了一次，没想到它直接掉在了地上。虽然没人在意这件事，我的脸上却火辣辣的，还担心会因为用不好筷子而被人讨厌。后来不管是什么食物，我都会用筷子戳着吃。

所以其他人说想要学习拍摄油管视频或者学跳街舞的时候，我怎么好意思说想学用筷子呢？不如编些胡话搪塞过去。但我是真心的——如果要学点什么，想先学学怎么用筷子、怎么把衣服叠整齐，也就是生活那些因为忙碌而一直被疏忽、被搁置的微不足道的小事。

面子这东西可真是害人不浅。明明闭上眼睛向身边的人请教一下就好，我却特地搜来了油管视频学习。距离今年过去还有三个月的时间，我的目标是连续夹起 5 颗黑豆。这件事做起来不容易，但只要一日三餐坚持慢慢练习，总能成功的吧？

学术人？现在的我好像并不适合这样的称呼。但是随着时间的推移，如果能把这些琐碎的事情一一做好，未来我应该也会想要学习更酷的东西吧？我想象着那样一天的到来，今天也在持续训练自己。

最近有没有什么特别想学的东西?

> 我花了三天时间来思考这个问题的答案。
> 过去考虑的都是自己"需要"学习的东西,
> 而不是自己"想要"学习的东西,
> 所以想不起来其实也很正常。

> 不过,开始思考这个问题之后,2号参与者的心情变得愉快了起来,1号参与者则是在思考这个问题的答案后,开始学习筷子的用法。只要试着想一想,身为3号参与者,你的生活里也会有好事发生。

什么都想不出来?这是正常现象。

07

假如最后期限是在临死前

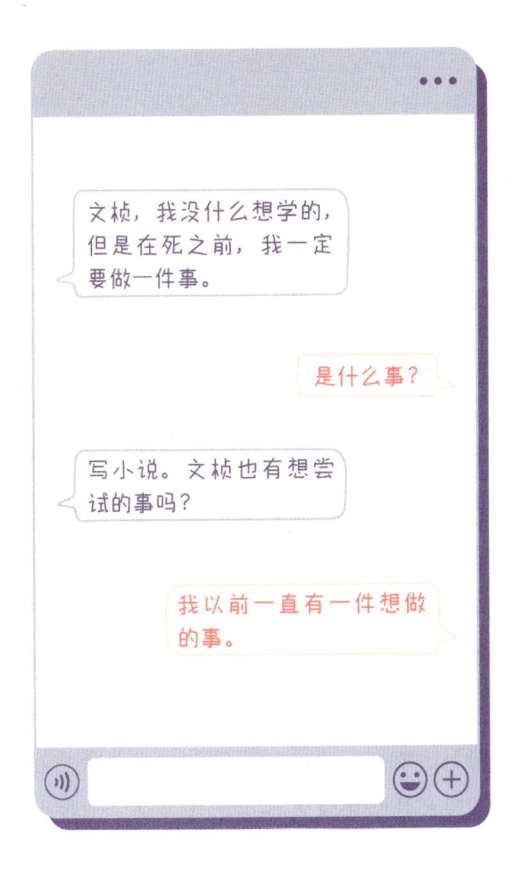

> 文桢,我没什么想学的,但是在死之前,我一定要做一件事。

> 是什么事?

> 写小说。文桢也有想尝试的事吗?

> 我以前一直有一件想做的事。

80 岁奶奶弹奏的
《巧克力般的双腿》("Chocolate Legs")

文桢

弹吉他的奶奶,不觉得很帅气吗?

光是想一想,这个场景就足以在我心中点燃火焰。我其实学过吉他,只是没能持续下去,因为每次人生中都有更重要的事情出现,打断我的练习。这件事开始于休学后我去商业街买了把吉他。看着在客厅一边看油管视频一边练习了几个小时《出发去旅行》的我,妈妈说:"你想当歌手吗?"是啊,现在可不是什么弹吉他的时候。于是我便放下吉他,跑去积累实习经验了。

再次燃起对吉他的热情是大学四年级的时候。这时,只是听到"应届生"这个词就会感受到压力。我希望每周至少能有一天的时间能够通过业余爱好来解压,于是我开始背着家人偷偷上吉他课。但这次又碰上了其他问题——听到自己练习吉他的声音，心情非但没有变好，反而更有压力了。此后，我再也没有把吉他从收纳包里拿出来。

如果不喜欢吉他了，我会毫不犹豫地把它卖掉。可我依然喜欢吉他，喜欢放松肩膀、用手指拨动琴弦时发出的声音。本来觉得只是听别人演奏就已经足够，但想到最后期限是80岁，我改变了主意。

如果还有五十四年的时间，那么即便是排在愿望清单最后一位的事，也一定有实现的机会。我从以前开始就一直想试着弹弹《巧克力般的双腿》这首歌，它很好听，难度也很大。想到80岁奶奶弹奏吉他的画面，我巴不得赶紧飞奔回家练习——只是回家之后，我得先去躺一会儿。

遥远的54年后，虽然不知道YouTube还存不存在，但我已经想好第一个视频的名字了——"80岁奶奶弹奏的《巧克力般的双腿》"。

虽然现在说这句话为时尚早，不过我还是想试着说一下："请大家帮忙多多点赞、订阅、收藏哟！"

格里特！

\# 泰秀

"格里特！"这里有一群人喊着莫名口号的人，放眼望去，都是 20 多岁、留着利落短发的男女。他们感兴趣的，只有站在礼堂上的那个男人。

采访男人的记者说："这位男士名叫格里特，是提出《平等的不幸》公约的总统候选人。"

男人一登场，即刻成为全场焦点。媒体指责他是 21 世纪最臭名昭著的邪教教主，男人没有反驳，只是以快、准、狠的方式让民众陷入不幸——他从人们的脑海中抹去了幸福的记忆。不论是什么样的人，只要被他控制，都会性情大变，成为一个从未幸福过的人。

每一个人平等地变得不幸——他所承诺的公约正在逐步实现。

如果有人好奇后续发展就好了，因为这是我死前要完成的小说开头。小说名为《格里特》(*Gerecht*)，在德语中是"公平"的意思。

3年前,读完《我们面前的生活》(*The Life Before Us*)这部小说后,我突然产生了一个想法——我也想写这样的故事。这是关于一个从未得到过爱的孩子以自己的方式去爱一个人的故事,读来使人感到悲戚。

好像就是从那时起,我正式开始写文章了。悲伤时写写日记,有好点子浮现就记记笔记,也会把开心的回忆记录下来。但是不知道为什么,只要下定决心写小说,大脑就一片空白。

大概是恐惧吧,担心看到自己无聊文章的瞬间,就会彻底放弃写作这件事。所以光是写下这个开头,就不知道花了多少年。

我现在30岁了,离死大约还有五十年。职业小说家一年可以写出一本小说,但对我来说,一年写一篇散文的分量应该差不多。一篇散文的50倍……到了80岁,我应该也能写出一部短篇小说集吧?

顺带一提,如果你好奇故事后续,请多多支持、关注我。五十年后,我一定会将格里特的真实身份公开!

有没有什么事是你临死之前非实现不可的？

赌大一点如何？
反正最后期限是临死前，
有什么好担心的！

_____

_____

_____

_____

_____

08

辞职并非出路

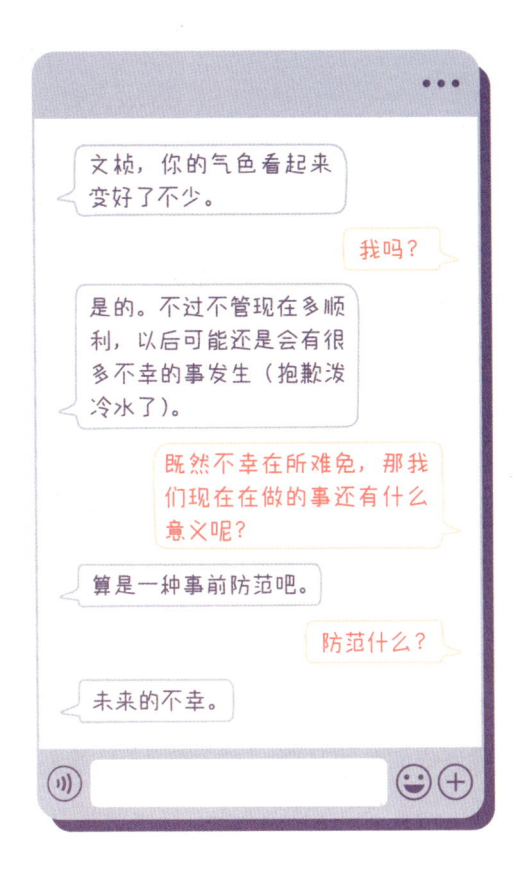

> 文桢,你的气色看起来变好了不少。

> 我吗?

> 是的。不过不管现在多顺利,以后可能还是会有很多不幸的事发生(抱歉泼冷水了)。

> 既然不幸在所难免,那我们现在在做的事还有什么意义呢?

> 算是一种事前防范吧。

> 防范什么?

> 未来的不幸。

在办公桌上放"咒符"

#泰秀

前年冬天妻子摔断了腿,需要手术。她的家人不方便前来照看,每天去病房报到的任务就落到了我身上。所幸手术很成功,一个月后,她顺利出院。我的爷爷却刚好在那时离开了人世。于是我匆忙离开医院,向殡仪馆走去。

姐姐和奶奶几乎快要晕过去,爸爸和大伯也放下手边的工作跑了过来。痛苦的事纷纷找上门,不知道为什么偏偏选中了我。

太难熬了。有一天我实在忍不住,找住在附近的朋友倾诉。朋友却说:"为什么我要听这些,跟你一起痛苦?"作为相识多年的老朋友,我自然而然地觉得对方会愿意倾听我的烦恼,事实却并非如此。从那时起,我养成阅读的习惯。《罪与罚》《局外人》《我们面前的生活》……我读的大都是很压抑的小说。看到主人公生活绝望，我反而觉得自己的人生好像还说得过去，身心也因此充满了电。

通勤路上读小说的时光让一天都过得很愉快，给周围的人推荐书也为我带来了小小的成就感。每天早上把正在阅读的小说放在办公桌上，就像是贴上了一张咒符——"今天也请让我平安无事地度过吧"。

"读点对工作有帮助的东西如何？"公司领导的建议从天而降。他说很担心我会变成一个晚熟的文艺青年。奇怪，本来一笑置之就好，可我不仅笑不出来，还产生了一种强烈的愤怒感，心里想的只有："你算老几？"第二天到岗前，我把小说放进包里，把成功学的书放到了桌上——那是很久以前领导推荐过的。

过了一段时间，当我终于下定决心辞职时，觉得自己好像失去了什么很重要的东西。具体是什么不确定，但我敢肯定那确实很重要。

离职后我去旅行了。我站在种满水杉的路上自拍，和朋友们整夜喝啤酒。两个月很快过去，竭力想避开的现实犹如高速公路上奔驰的车一样迎面而来——是时候开始重新找工作了。而我习惯性地重新拿起了闲书，这本书叫《明天别再来敲门》。

通勤路上读书的两个多小时，给了我熬过一整天的动力，支撑着我的生活。但也许正是因为这件事看起来太微不足道，才更容易被我忽视，搁置到一旁。

最近我又开始读小说了。也许是因为之前太过沉迷于手机，一天也读不了多少，有时几乎要花半个月的时间才能读完一本书。不过，我还是很喜欢阅读的时光。

尽管明天、后天甚至是明年，我人生中的不幸都会比幸福更多，但这段时间让我明白——无论何时，我都能像这样一次次地抓住只属于我的小小的幸福。

尽管如此

文桢

佛祖曾说："人生如苦海。"21岁，我和社团一起参加寺庙寄宿活动，在讲道课上听到这句话时，不由得频频点头。当时我就像终于邂逅了一直在寻觅的宗教一样，对大师所言猛地点了点头。

对我来说，坏事总比好事多，悲伤的事也总比开心的事更常发生。这些当然不是我主动选择的，更不是我有什么错，只是普普通通地发生了而已，真的很奇怪。也许正是因为这样，从小开始，我消极的想法就比积极的想法更多。比起过度乐观，之后才被人背后捅一刀，不如一开始就往坏的方面想，最后还能说："看吧，我就知道会这样。"看起来也不会那么悲惨。总之，我过得很辛苦就是了。

正是因为这样，我才能自信地说不幸和痛苦可以称得上是我的专业领域。虽然我不知道如何变得幸福，却对如何让困难时期变得好过点略知一二。我想介绍一下其中我最喜欢的方法。也不知道我到底是从什么时候开始用这个方法的，但如果发生不幸的事情，就会闭上眼睛，默念这句咒语："尽管如此"。

"虽说事实已经这样了，但好像也没有什么。"上网搜索"尽管如此"的意思，就能看到这种会出现在词典里的典型定义。我也喜欢小说里出现这个词的瞬间。因为无论眼前的希望多么渺茫，这个词都会给人一种结局将有所不同的期待，小说中的主人公会通过自己的意志克服眼前的困境。"尽管如此，他什么也没做。"以这种奇怪的句子结尾的情况一次都没出现过。

对于突如其来的不幸，从小我就无力阻挡。但每逢此时，我都会闭上眼睛重复这句咒语。就算想放弃一切，脑海里也会出现"不能就这样结束"的念头。这句话是悲观的我所能说出的最积极的咒语。

现在碰到伤心事的时候可以听歌、看电影，找发泄的出口，但小时候的我什么都不能做。那时最需要的就是在不花任何钱的情况下，马上让自己心情变好的方法。说来有点凄凉，但这句咒语在之后的人生里似乎仍会伴我同行。参加这项计划时,我虽然暂时忘记了很多不快的事,但正如佛祖所说,不幸会不断降临。最后我还是想以这样的方式为这篇文章收尾——

童年有很多不幸,长大后依然如此。

尽管如此,我从未放弃幸福的尝试。

你有专属于自己的防范不幸的魔法术吗?

事先准备好,日后一定会派上用场。

_____

_____

_____

_____

> 2号: "给我推荐几本书吧,我真的很喜欢读书。"
> 1号: "你读过《黄色潜水艇》吗?"
> 2号: "没有。"
> 1号: "《杏仁》呢?"
> 2号: "没有。"
> 1号: "《牛骨汤》呢?"
> 2号: "……够了!"

09

最后一个问题：没说完的话

> 可以再说一件事吗？
> 我还有最后一件事想说。

邻居奶奶的故事

\# 文桢

小学四年级的某天,我按下 13 层的按钮,像往常一样搭电梯回家。这时旁边的爷爷向我搭话:"隔壁住了个脾气差的奶奶吧?"

我一时语塞,因为隔壁住着的是一对年轻夫妇,而那个脾气差的奶奶,正是和我住在一起的人。我想说的最后一件事,就是关于她的。

如果有一本书叫《我已经活出了自我》,那么住在 13 楼、脾气很差的我的奶奶,便是最适合当封面女郎的人。她既不怕和老年活动中心的爷爷们争吵,也不会屈服于任何人。小时候,只要想到家里可能遭遇小偷,我就会想象自己紧贴在她身边的情景,让心情平复下来。奶奶对我来说是非常可靠的存在。

在我读高中二年级的时候,这样的奶奶却生病了。当时爸爸的工作不太顺利,我们搬到了距离原来住处稍远的地方，正是从那时开始，奶奶出现了阿尔茨海默病的症状。

这种病让人忘记了奶奶从前是什么样的人，我也因此明白在这种疾病面前，人的愿望是多么脆弱和渺小。奶奶变得非常任性，有时一声不吭就突然坐上公交车消失，也曾在下雪天偷偷出门时滑倒在家门口。

当时家里的经济状况很不好，哥哥和妈妈晚上都要在餐厅工作。正在读高三的我放学回家后的时间便只能和奶奶两个人一起度过。奶奶常常跑来对埋头学习的我说自己睡不着，让我帮她拍拍背。我知道她生了病很难受，可我的升学压力也很大，因此常常以此为理由拒绝她，把她赶出房间，甚至锁上门——无论她在外面怎么叫喊，我也躲在房间里不加理会。总之，我过去认识的奶奶已经消失了，家里住着的是一个做什么都让我讨厌的人。

我上大学后，奶奶便不再说话了，只是整日躺在房间里对着天花板干瞪眼。因为长期无法走路，她的身体也日渐消瘦，偶尔病情加重，还要常常进出医院。有一天妈妈说奶奶的状况不太好，要多加注意，我却答："可我明天就要期中考试了，她能不能别再生病了？"

本该专心复习的我突然开始在意刚刚说出口的话，心里有些过意不去。还是先去看看奶奶的情况吧——这么想着，我走进了奶奶的房间。总觉得哪里有点怪怪的。我一边结结巴巴地喊妈妈过来，一边将耳朵贴近奶奶的胸口，只听见很大的心跳声。我对跑过来的妈妈说奶奶没事，心里却觉得很奇怪，因为她的身体很凉。再次凑近，我才发觉耳边响起的疯狂的心跳声并非来自奶奶——她的心脏很安静，发出声音的是我。就这样，奶奶悄无声息地离开了人世。

"可我明天就要期中考试了，她能不能别再生病了？"最终，这句话成了奶奶去世前我说的最后一句话。

葬礼时我一次都没有哭，因为我觉得没有哭的资格。爸爸告诉我奶奶还是很疼我的，几个月前她意识清醒的时候，还用剩余的存款为我付清了大学的第一笔学费。只是因为害怕伤到赚不到钱的爸爸的自尊，所以才决定保密。听到这些我就更哭不出来了。

这也让我想起了那一天，奶奶问："我们家孙女考上什么大学了呀？"我没能考上理想大学，于是没好气地呛了一句："就算说了你也不知道。"爸爸说听了这样的话还是帮我交学费的奶奶看起来非常幸福，她很高兴自己可以用过去努力省下来的钱给孙女交大学学费。

当时的我太过年轻，不想承认自己对奶奶做了很过分的事。正如前面所说，我是个早熟的孩子，在朋友面前向来不会用这种语气说话，所以我并非不谙世事，而是明知故犯。奶奶成了我可以放肆对待的人。

这件事我从来不曾对人提起过。其他的事情不说是因为觉得自己太过不幸，但这件事说不出口，是因为我觉得自己太坏了。我不想在奶奶过世后因为说起她的事而哭泣，也不想说自己很想念她，因为我根本没有那个资格。

现在的我依然没有说这些的资格。但人活在世上，总有一些不把话说出来就忍受不了的瞬间，没有资格说也要说，没有资格伤心也要伤心——这样的时刻哪怕只有一次也好。于是缺乏勇气的我，把这个故事留到了最后。

写这篇文章的时候我很后悔没戴帽子出门——旁边不断有人经过，我的眼泪却不争气地流个不停。而我也是花了很长时间才终于明白，原来哭泣并不需要资格。

真的到最后了,还有什么没说完的吗?

10

我找到的 1 厘米潜水清单

> 计划快结束了,总结一下如何?直接结束的话,好像又会什么都记不得。

1号的1厘米潜水清单

泰秀

1/ 游泳游到气喘吁吁。

2/ 去投币式KTV唱金妍雨的《离别出租车》。

3/ 坐地铁时偶然看到汉江。

4/ 用分量超大的汤面碗做酱油鸡蛋饭吃。

5/ 想象自己坐在黑胶唱片机旁啜饮红茶。

6/ 不责怪被坏人欺负的自己。

7/ 和朋友们一起回忆过去。

8/ 跟唱20世纪八九十年代的老歌。

9/ 阅读有趣的小说并推荐给其他人。

10/ 轻轻抚摸猫的后脑勺、拍拍它的屁股。

11/ 每年举办一次我的生日派对。

12/ 写完文章后偷偷笑个不停。

13/ 冬天时提前打开电热毯,一到家就钻进被窝。

2号的1厘米潜水清单

文桢

1/ 有压力时先跑个 10 米。
2/ 登录游戏《跑跑卡丁车》,发射导弹。
3/ 用刨丝器把土豆刨成丝,做土豆饼吃。
4/ 和朋友见面时,问她们《潜水一厘米》里出现的问题。
5/ 听李尚恩的《秘密花园》。
6/ 自己决定午餐菜单。
7/ 大喊"尽管如此"。
8/ 想象 80 岁时成为吉他大师的样子。
9/ 去漫画店边吃小泡芙边看漫画书。
10/ 边喝啤酒边看《哈利·波特》。
11/ 和朋友家名为春和夏的小狗视频通话。
12/ 和家人分享烧酒,一起喝到微醺。
13/ 把想要丢掉的记忆用文字记录下来。

3 号参与者 ＿＿＿＿＿ 的 1 厘米潜水清单

试着找找独属于你的 1 厘米潜水方式吧！

———————————————————

———————————————————

———————————————————

———————————————————

———————————————————

———————————————————

e 最后的说明书

① 我们出版这本书不光是为了自己,也希望读到它的你能获得一些幸福。

② 如果回答问题让你感到痛苦,先空着也没关系。只要这些文章能使你稍微感觉轻松一点,那就足够了。

③ 不过还是希望你能边读边想想:"那我自己呢?"我们相信,光是想想这个问题,人生就会发生很多改变。

④ 如果有想回答又不知从何下手的问题,找朋友聊聊吧,和父母聊一下也行。

⑤ 最后,如果要送礼物,这本书再合适不过……

结语：

即使只有 1 厘米

1 号的结束日志：
30 岁的 1 厘米潜水

"哟，面相不错嘛！"在电影《犯罪都市》中，张晨对初次见面的其他黑帮说出了这样的台词。"你最近气色好多了。"虽然语境不同，但我最近也经常听到差不多意思的话。

进行这个计划期间，虽然我竭力想省钱，午餐时甚至舍不得追加1000韩元(约合人民币5元)的米饭，存折余额还是比计划开始前少了很多。再加上还要出书，操心的事情真不是一般的多。

当然，如果有人问我是否后悔花时间做这件事，我会肯定地说不后悔。这和年纪越大越容易怀旧的道理一样。这阵子我活得很年轻,和没钱买垃圾食品吃,于是会在秋千底下翻找有没有人掉了零钱的小时候很像,很容易就因为小事感到幸福,露出笑容。尽管这样看起来有点寒酸。

我能再次拥有这样的时光吗?短时间内恐怕是没希望了,因为我会再次进入职场,继续过着不想要的人生。不一样的是,这本书里的幸福秘诀就在我手边,需要的时候就能逐一执行。低落的日子里读读小说,生气的时候去投币KTV唱高音抒情歌,偶尔还可以和朋友们一起喝喝啤酒,回忆过去。

30岁是一个意义重大的年纪,很幸运,我能在30岁留下快乐的回忆。今年迈入而立之年的我像12岁的孩子一样幼稚又寒酸,却也很纯粹。这可能是人生中最后的纯粹了,我为自己能够抓住它而感到庆幸。

马上我就要开始过另一种生活了。我不知道自己十年后会是什么样子,40岁的我会不会再次打电话给文桢呢?

——"文桢,我想到了一个更好玩的点子……这次要不要也一起试试?"

2号的结束日志：
最后的计划

此时，我正在面临这个计划最后的挑战。

这里是美容院，坐在椅子上的我目不转睛地盯着镜子说："我要剪短发。"

过去我一直坚持留长发。每天早上吹干厚重的头发时，都有想要把它们剪短的冲动。但是这么多年来我从未留过短发，因为觉得长发能稍微修饰脸型。不过，进行这项计划时，我多了一个新的魔法咒语，只要有这句咒语，我就不怕任何挑战。

"反正不可能比现在更糟了。"

这句激励我参与这项计划的话，在每次遇到挑战时都帮助我下定决心，也成了所向披靡的"无敌咒语"。

然而仅仅是10分钟之后，我就产生了"原来还真有比想象中更糟的事啊……"这样的想法。看着逐渐变短的头发，我心想：真该撤回"无敌咒语"这样的话。

把悲伤的故事抛在脑后,终于到了要和产生感情的计划说再见的时候。这段时间发生了许多变化。原本只会照顾他人心情的我,如今也开始勤快地观照自己的心情。虽然幼稚,但我确实准备了一份"心情低落时安慰自己的十大方法"之类的清单。因为工作不顺利而感到疲惫的泰秀说下班后要赶快去游泳时,我会跟着说:"那我也要在地铁上读小说,下车后跑一跑再回家!"这些在很多人看来理所当然的事,对我们来说却是特别的变化,令人欣喜且弥足珍贵。

小时候的我以为不幸也是限量的,只要默默承受,那些可怕的人和事物迟早会失去威力,我也能变得幸福一些。当我为了避开家人的视线逃进洗手间,或者把自己关进黑压压的卧室、躲在被子里的时候,其实一直都在等待这样的瞬间。

但开始这个计划之后,某天早上我突然产生了这样的想法:"你到底为什么期待别人为自己的幸福负责?只是一直这么静静等待的话或许什么都不会发生,那不是很惨吗?"

也许过去我只是假装自己早熟懂事,实际上却是个一心傻傻相信大人们的话,以为"乖乖不哭就能等到圣诞老人送礼物"的笨蛋。

我很清楚在这样艰难的世界里谈论关于幸福的故事是多么无力。所以,我很想对一路陪我们参加这个计划走到这里的人们说声谢谢,同时也想对邀请我加入这次旅程的泰秀说声谢谢。

这一个月好像是我人生中最有活力的时光。但是尽管过得很痛快,也不曾后悔,我还是觉得这种程度的冒险在生活中只需要一次就够了。如果泰秀再打来电话,我会毫不犹豫地挂掉。

只是我有可能会把电话回拨过去,说:

"所以是什么点子呢?"

彩蛋：

窝囊的黑历史

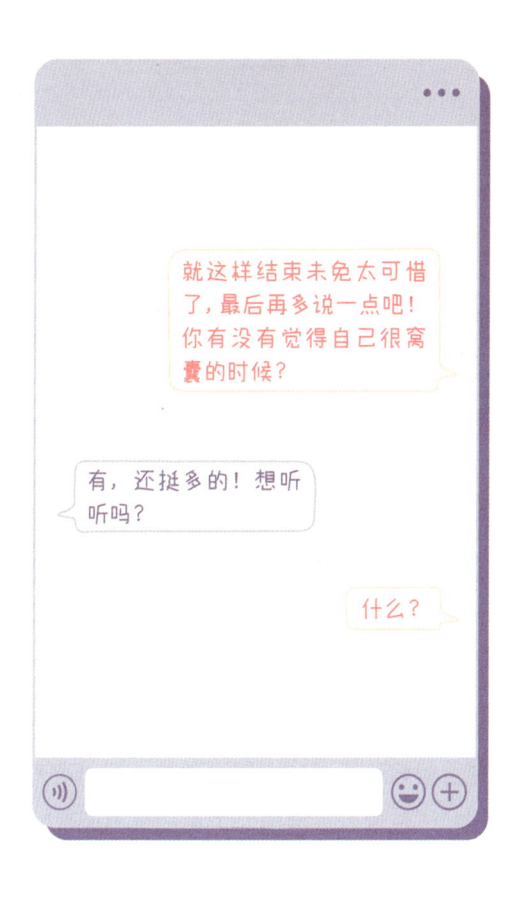

> 就这样结束未免太可惜了，最后再多说一点吧！你有没有觉得自己很窝囊的时候？

> 有，还挺多的！想听听吗？

> 什么？

我大哥

\# 泰秀

千禧年前后是电影《狼的诱惑》《马粥街残酷史》流行的时代。当时一些血气方刚的初高中生们纷纷追赶潮流,只要眼神一对上就要决斗,而我又正处于被称为"魔界"的仁川。彼时的仁川宛如大格斗的中心,就像电影里演的那样,打架的戏码每天都要上演数次——虽然更多的事件都是以争吵草草结束的。

处于食物链最底层的我的座右铭是:如果不能在所有人面前当个强者,那就安心做个弱鸡。但是这样的我有个致命的弱点,那就是视力不好,且不想戴眼镜。为了看清远处的人,我必须皱着眉头。对不良少年来说,没有比这更好的猎物了。

我做梦也没想到会在去教堂的路上遇到这种事。那天我穿着姐姐给我买的衣服去教堂,迎面走来了两位外形粗犷、任谁看来都绝非善类的暴力大哥。

他们都留着一头象征力量的蓬乱发型（Shaggy Cut），其中一位大哥身穿有"阿迪达斯四大球衣"之称的复古球衣，配上天蓝色条纹喇叭裤，用老练的眼神打量我。我紧张得瞳孔仿佛都要流出汗水，但是没有做出屈服的姿态——视力不好得像无事发生一样目视前方，始终没有低头往下看。

就这样，我们在十足的紧张感中擦肩而过。幸好没事。我加快了脚步，结果没走几步就听到了熟悉的声音。

"喂！"

"请问有什么事吗？"我的语气不由自主地变得恭敬起来。

"你瞪什么瞪？"

"没有啊，我视力不好，本来就要皱着眉头才能看清东西。"我啰唆了一堆废话。

"跟我过来。"

"哦，我是真的，我真的没有……"

在没有导航的时代，他们竟马上找到了一个僻静的角落。那是一条被四层高公寓遮挡得严严实实的巷子。一上来我就被打了两耳光。疼，太疼了。我想逃跑，但做不到。那两位一唱一和，配合得天衣无缝。一位刚打完，另一位就装腔说："喂，干吗要打他呀？"感觉像是在泡冷热交替的桑拿，在热水和冷水之间迅速切换。接着又轮到"冷水"开口了。

"喂，把鞋脱了。"

"呃，这是我姐买给我的，不行……"

"臭小子，叫你脱你就脱。谁说要拿走了？借我用用而已。"

"真的……真的不行。"为什么就是不肯垂下眼睛呢，像我这种人，哪里配谈什么尊严？悔意瞬间扩散到全身。拜托，有没有什么英雄能来救救我啊？我竟然在这里——而不是教堂——祈祷了起来。就在此时，远处传来了一声"喂——"

说话的人是在巷子旁边的公寓二楼抽烟的又一个大哥。比起英雄，他看起来更像是比恶棍还要糟糕的"超级恶棍"。"超级恶棍"开口说话了。

"上来。"

"热水"和"冷水"看起来很习以为常地上了楼。这下轮到我疑惑了：我是受害者哎……

可能是看出了我的苦恼，爬上去的"热水"用嘴

188

型向我示意说:"走。"接着我也用嘴型回答:"谢谢。"然后便全速跑回家了。

十五年前让我耿耿于怀、晚上回家都还在踢被子泄愤的这一天,不知不觉间成了如今的下酒菜之一。每当有人问起"你曾经窝囊到什么程度"时,我都会提起这次事件,所有人听后都会大笑。

窝囊的回忆竟然也会变得有趣,我对年龄增长又有了一番新感悟。不过最近想起那天时,我常常忍不住想:当时那些"大哥",真的是"大哥"吗?

(全书完)

潜水一厘米

作者_[韩]泰秀 文桢 译者_杨名

编辑_房静 装帧设计_张一一 封面插画_胡蝶
内文排版_胡蝶 刘洋 技术编辑_顾逸飞 责任印制_杨景依
物料设计_李琳依 主管_阴牧云 出品人_贺彦军

营销统筹_毛婷 魏洋 营销_成芸姣 礼佳怡

果麦
www.goldmye.com

以 微 小 的 力 量 推 动 文 明

图书在版编目（CIP）数据

潜水一厘米 /（韩）泰秀，（韩）文桢著；杨名译 .
北京：国文出版社，2025. -- ISBN 978-7-5125-1909-1

Ⅰ . I312.665

中国国家版本馆 CIP 数据核字第 2025DM4683 号

版权合同登记号：图字：01-2025-1494

Copyright © 태수 泰秀 Taesoo 문정 文祯 Moonjung
All Rights Reserved.

Original Korean edition published by FIKABOOK Publishing Co., Ltd.
Simplified Chinese translation copyright © Goldmye Inc.
Simplified Chinese Character translation rights arranged through Easy Agency, SEOUL and YOUBOOK AGENCY, CHINA
本书中文简体字版权由玉流文化版权代理独家代理。

潜水一厘米

作　　者	[韩] 泰秀 文桢
译　　者	杨　名
责任编辑	侯娟雅
责任校对	房　静
出版发行	国文出版社
经　　销	全国新华书店
印　　刷	北京世纪恒宇印刷有限公司
开　　本	127 毫米 ×184 毫米　　32 开
	6.25 印张　　90 千字
版　　次	2025 年 4 月第 1 版
	2025 年 4 月第 1 次印刷
书　　号	ISBN 978-7-5125-1909-1
定　　价	55.00 元

国文出版社
北京市朝阳区东土城路乙 9 号　　邮编：100013
总编室：（010）64270995　　传真：（010）64270995
销售热线：（010）64271187
传真：（010）64271187-800
E-mail: icpc@95777.sina.net